狼神の森

北風侍 寒九郎 6

森 詠

時代小説

二見時代小説文庫

目次

狼神（ろうしん）の森——北風侍（さむらい）寒九郎 6

『狼神の森――北風侍 寒九郎6』の主な登場人物

北風(鹿取)寒九郎……藩の内紛で父を殺され江戸へ逃れた。満を持し再び故郷津軽へ戻った若侍。

谺 仙之助……寒九郎の祖父。秋田藩の剣術指南として谺一刀流を開き天下に名を馳せる。

妙 徳院……谺仙之介が亡くなり、出家した寒九郎の祖母「美雪」の法名。

大曲 兵衛……谺仙之助の直弟子の一人、阿吽の「阿」。寒九郎に谺一刀流の奥義を叩き込む。

南部嘉門……阿吽の「吽」。大曲兵衛とともに寒九郎を鍛え上げる。

レラ(風)姫……安日皇子の美しい娘。寒九郎の修行の旅に半ば強引に加わる。

鳥越信之介……北辰一刀流お玉が池道場の門弟筆頭。田沼意次の秘命を受け津軽へ入る。

江上剛介……明徳道場一の遣い手、鏡新明智流免許皆伝の若侍。二百石の旗本の子弟。

灘仁衛門……幼名捨丸。鹿島夢想流棒術の遣い手。恩人の密命を帯び故郷津軽の地に戻る。

津軽親高……津軽藩筆頭家老。藩主の血筋に繋がる一門の古老。

杉山寅之助……津軽藩の若手家老。藩政改革の急先鋒。

安日皇子……大和朝廷と闘った安日彦の子孫。祖先の志を継ぎアラハバキ皇国再興を図る。

桑田一之進……寒九郎の父・鹿取真之助を襲った一団を指揮していた津軽藩の中老。

雲霧市衛門……鉤手組の頭。大目付松平貞親子飼いの刺客。陸奥エミシの土蜘蛛一族の末裔。

土雲亜門……土蜘蛛一族の末裔である土雲一族の長。先代安日皇子の警護をしていた。

第一章　木霊の囁き

一

森の中からかすかに小鳥たちの目覚めた気配が聞こえてくる。夜明けが近い。

だが、鬱蒼とした森は漆黒の夜陰に包まれ、まだ眠っていた。風も止んでいる。草も葉も、死んだように動く気配がない。

白装束になった北風寒九郎こと鹿取寒九郎は、ブナの老木の太い幹の根元に座禅を組み、無我の境地を彷徨っていた。寒さが躯の奥から込み上げてくる。

寒九郎の前には焚火があった。その焚火も消えかかり、いまは残り火の炎がちらついているだけだった。

だめだ。雑念を捨てねばならぬ。少しでも思念すれば、無我になれない。すべて雑念を捨て、森に己れを委ねるのだ。

寒九郎は何度も自分に言い聞かせた。姿勢を正した。寒さの震えを振り払う。

焦ってはならぬ。自然のままに己れを誘うのだ。

「寒九郎、谺一刀流の奥義は朽ち木になれ、ということです」

祖母美雪こと妙 徳院の声が頭の中に響いた。

朽ち木になれ？

そう。森の中に朽ち果てる木になるのです。

妙徳院の穏やかな笑顔が心に浮かんだ。

妙徳院様、それがしには、分かりませぬ。朽ち木になるということは、いかなことですか？

妙徳院は微笑んだ。

森の木となり、久遠の時を経て、静かに死ぬ。死して身が腐り果てるも、新たな命の誕生の肥やしとなり、次の世代を産み育てるのです。

死んだ己れは、どうなるのでござるか？

人は、常に六道に輪廻します。

輪廻？

そう。人の命は輪廻転生します。

六道とは何でござるか？

六道は、地獄、餓鬼、畜生、修羅、人間、天上の六つの世界です。衆生がそれぞれの業によって、振り分けられて棲むことになる世界です。

業とは何でござろう？

善悪の行ないです。業は、のちに因果の道理によって、しかるべき果報を招きます。

それがし、これまでたくさんの悪業をなしたように思います。その業が裁かれるのですね。

妙徳院はゆっくりとうなずいた。

寒九郎の脳裏に、これまで斬った男たちの顔がちらついた。

桑田竜之輔。藩校で一緒に机を並べた友だ。

鮫島岳之臣。幼なじみの遊び仲間だった。

木暮半次郎。野や山で一緒に駆けずり回った幼なじみの一人だ。兄の謙太郎は、寒九郎が学者の卵として尊敬していた。

どうして、斬ってしまったのだろう？　斬った時の感触が、手や腕にまだ残っている。彼らを斬った時の光景がまざまざと思い出され、口の中に血の味が拡がる。

「泣き虫小僧め、なにをめそめそ悔やんでいる？」

目の前に蓑笠を着込んだ大男が立っていた。

いつも夢枕に現われる名無しの権兵衛だった。すると、いま俺は眠っているのか？

「邪魔するな、権兵衛。それに、俺はもう小僧ではない。泣き虫小僧呼ばわりするな」

「小僧は小僧だ。おぬしはまだおとなになっていない」

大男は焚火の残り火の前にどっかりと胡坐をかいて座った。

「いいか、寒九郎、たとえ女子と寝ても、それでおとなの男になったわけではないぞ」

「そんなことは分かっている」

寒九郎は寒さの震えを堪えながらいった。

「寒いか」

大男は地べたの落葉を大きな手で集め、焚火に加えた。落葉はめらめらと炎を上げた。

炎の熱が寒九郎の軀を温めた。寒九郎はほっと息をついた。

「寒九郎、おとなになるということはな、己れの物語を持つということなんだ。分かるか？」

「…………」

　寒九郎は己れの物語を持つとは、どういうことかが分からなかった。

「これまで、わしは四つのお伽話を聞かせたな。物語とは、お伽話のことだ」

「なんだ、そんなことか」

「今夜来たのも、おまえのお伽話を聞くためだ」

「それがしのお伽話だと？　そんなものあるか」

「だから、おぬしは、まだ餓鬼だ、小僧だということなんだよ」

　大男は炎の明かりの中で頬髯を歪めて、にんまりと笑った。

　寒九郎は強がっていった。

「お伽話なんぞ、子どもに聞かせる話ではないか。そんなもの、大人に聞かせる話ではない」

　大男は枯れ木を引き寄せ、枯葉とともに焚火に加えた。焚火は先刻よりも大きな炎をあげて燃えた。

「寒九郎、まだおぬしには、己れのお伽話がない、というのだな」

「…………」

寒九郎は黙って焚火の炎を見つめた。

「仕方がない。わしがおぬしのお伽話を創る手伝いをしよう」

「勝手にしろ」

「昔々、ある国に両親と幸せに暮らす一人の若者がいた。ある日、その国に内紛が起こり、その若者の運命は一変した。一方の旗頭(はたがしら)だった父親は殺され、母親も後を追って自害した。若者はひとりぼっちになった。それればかりか、若者は命を狙われ、国から逃れた。そして、江戸の親戚の許(もと)に逃げ込んだ」

「それがしの話ではないか」

「そう思うか？」

「違うのか？」

「どこにでもよくある、ありふれたお伽話だ。おぬしの物語だと決まっているわけではない。ここから先、どうなるのか聞きたいか？」

「……どうなるのだ？」

「若者は逃げ込んだ親戚の屋敷で、武家奉公人の娘で、美しい女子お梅(うめ)に出会った」

寒九郎は、娘の名が幸(ゆき)ではなかったので、いくぶんかほっとした。

「若者はお梅に惚れ、お梅も若者を憎からず思った。いわゆる相思相愛の仲というやつだ」

「それで？」

「お梅は主家の計らいで、花嫁修業のため、さる御方の屋敷の奥に上がった。お梅は若者と離れるのが嫌さに、奥に上がるのを渋ったが、若者が必ず将来お梅を嫁に迎えるから、と固く約束して無理に奥へ上げさせた」

お幸も嫌がるのを、俺は無理やりに奥へ上げさせたのだろうか。寒九郎は、心の中で煩悶した。

「若者は親の仇を討とうと、江戸を離れ、故郷の国に戻った。そこで、親の仇を捜すうちに、地元の美しい野性の娘お凛に出会った。若者とお凛は、互いに惹かれ合い、まもなく恋に落ちた」

「それから？」

「若者はお凛と結ばれ、めでたしめでたしだ」

「……なにがめでたしだ。お梅はどうなったのだ？」

寒九郎は、そういいながらも口籠もった。

「続きを聞きたいか？」

「聞きたい」

「若者がお凜と結ばれることは、お梅を裏切ったことになる。将来、必ずお梅を嫁に迎えるという約束を破ったのだから、若者の罪は深い。若者は悩んだ末、お凜にお梅とのことを隠さずに打ち明けた」

「そうしたら？」

「お凜は激怒した。江戸で待つお梅の純情を裏切った若者が許せないと。そして、お凜は懐剣を抜き、胸にあて、自分を選ぶか、お梅を選ぶか、どちらを選ぶのか、と若者に迫った。お梅を選んだら、お凜は死ぬつもりだった。さあ、おぬしなら、どうする？」

「どうするといわれてもなあ」

寒九郎は口籠もった。

「若者は迫られて悩みに悩んだ。お梅を裏切り、そのままお凜との幸せな人生を生きるか、それとも、お凜を捨て、江戸に戻り、お梅との約束を果たして、お凜を死なせるか」

「ううむ」

「お梅を選んでもお凜の純情を裏切る。どちらにしても、二人のどちらかを裏切ることになる。そもそも、悪いのは誰なのか」

「悪いのはそやつ若者だろう」

「では、若者はどう責任を取ったらいい？」

「お梅とお凜の二人に頭を地べたにすりつけて謝るしかない」

「それでも、二人の気持ちが済まなかったら？」

「それがしなら頭を丸め、出家(しゅっけ)してでも、お詫びするしかない」

「それでも、二人が納得しなかったら？」

「相手の気が納まるまで、ひたすら謝るしかない」

「ほかには方法はないか？」

「ううむ」

寒九郎は腕組みをして唸った。

「その若者は、どうしたと思う？」

「分からぬ」

「その場で、お凜を斬って殺した」

「どうして、そんな無慙(むざん)な……」

「それが若者のお凜への愛だった」

「しかし、なにも、お凜を殺さずともよかったのでは……」

「もし、若者がお凜を選んでいても、お凜は終生若者の裏切りに苦しむだろう。それだけ、お凜の愛は深かった。それを若者も分かっていた。だから、若者もお凜を愛するがゆえに、お凜を殺した。愛というものは、深ければ深いほど、激しいものであれば激しいほど、死と裏腹の関係にあるものなのだ」

「ううむ」

「いいか、寒九郎。そういうことが分かってこそ、大人というものなのだ」

「……若者は、それから、どうしたのだ？　まさか、お梅の許に向かったということではないのか」

「ははは。その道もあったろう。だが、若者はそうしなかった。森の大地に穴を掘り、丁重にお凜を埋葬した。それから、若者はお梅に詫び状を書き、お凜の墓の前で自害して果てた。彼なりに潔く責任を取った」

「立派だ。それがしには……」

「出来ぬか。ならば、責任の取れぬことは、はじめからするな」

「しかし……」

すでにやってしまったら、どうしたらいいのか？

寒九郎は問いを胸に飲み込んだ。

「いいか、寒九郎。人を裏切るということは、地獄に落ちるような苦しみを味わうということなんだよ。それも裏切った当人はもちろん、裏切られた相手にも同じような苦しみを与える。それだけ重い責任があるということなんだ」

「…………」

「人生というものは、思うようには進まないのも事実なんだ。人は常に裏切り裏切られながら生きていく。いくら責任を取ったとしても、傷ついた心を癒すことは出来ない」

「ううむ」

「わしは正直いって、その若者は早まったことをしたと思っている。いくら愛するためとはいえ、間違った責任の取り方だと思う。自分が犯した罪や苦しみから逃げず、終生、それらと向き合い、罪を背負って生きていくことも大事なのだ。生きていればこそ、いつか、明るい希望が見える日も訪れる。すべては、時が和(やわ)らげてくれる。忘(ぼう)却(きゃく)もまた大切なことなのだ」

「…………」

「寒九郎、どうだ、お伽話とはいえ、意味が深いだろう?」

「うむ。考えさせられた」

「己れの物語を持つということは、人生を大事に生きるということなんだ。真の大人になることなんだ。おぬしも、人生を深く考えるために、己れの物語を持て。いいな」

いつの間にか、あたりが明るくなり出していた。蓑笠を被った大男の姿も悄然と消え去った。

「権兵衛、ありがとう。いまの話、胸に深く刻みつけておく」

寒九郎は蓑笠の大男に礼をいった。

焚火はほとんど消えかかっていた。寒九郎は薪(まき)を焚火にくべ、燃え上がらせた。

寒九郎は、再びブナの木を背にして、座禅を組んだ。呼吸を整え、深呼吸をくりかえした。

二

小鳥たちが喧(やかま)しく騒いでいた。寒九郎ははっと目を覚ました。

太陽が昇り、あたりはすっかり明るくなっていた。

風がそよいでいた。

森の木々の葉が風に揺れている。葉や草が風に裏返り、風の径を残して消えて行く。

寒九郎ははっとして、傍らの木刀を摑み、身構えた。木陰に何かが動いた。

半眼で気配を窺った。殺気はない。剣気もない。人ではない。

ケモノか？

木陰から羚羊の角がにょっきりと現われた。親羚羊の脚の間から子が顔を覗かせた。

羚羊の親子は慌てて身を翻して、森の中に消えた。

寒九郎はほっと息を抜き、木刀を手離した。

「寒九郎、まだ、だめですね」

妙徳院の優しい声が背後から聞こえた。

寒九郎は、驚いて背にしたブナの木を振り向いた。

妙徳院の姿がブナの木に寄り添うように立っていた。

「朽ち木になるにはほど遠い」

妙徳院もまた白装束に身を包んでいる。

「はい。それがしも、そう思います」

寒九郎は畏れ入った。妙徳院は静かに落葉の地に足を進め、寒九郎の前に立った。

「寒九郎、座りなさい」

寒九郎は急いで座禅を解き、妙徳院の前に正座した。

「寒九郎、打たれる時は、打たれるままになりなさい」

妙徳院の腕がさっと動き、手にした木の枝が寒九郎に打ち下ろされた。寒九郎は身じろぎもせず、小枝の葉が顔を擦るままにしていた。

「この枝があなたに打ち下ろされた時、あなたは心の中で何を思いましたか？」

「何も」

「うそ」

「はあ？」

「あなたは身構えたでしょ。葉や小枝が顔を擦るままにしてもいい、と身を硬くした」

「は、はい」

「なぜ、枝を避けなかったのです？」

「………」

寒九郎は戸惑った。

「人は、たとえ小枝の葉であっても、顔を打てば避けるものです」

「ですが、妙徳院様は、打たれる時は、打たれるままになりなさいと」

「避けてはいけない、とは申していません。避けるのが自然なのです。樹木も風が吹けば、逆らわずに揺れる。逆らえば、枝や幹が折れるのを識(し)っているからです。己(おの)が身が自然に動くままになさいということです」

「はい」

寒九郎は素直にうなずいた。

妙徳院は寒九郎の前に相対(あいたい)して正座した。

「寒九郎、あなたの剣の技はまだまだ未熟です。心が伴っておりません。谺一刀流の真髄は剣技にはありません。谺一刀流の命は心(しん)、行(ぎょう)、体(たい)の三位一体(さんみいったい)にあります」

谺一刀流は剣技ではない？

寒九郎は戸惑った。

心行体の三位一体とは何なのか？

寒九郎は妙徳院を見つめた。言葉を発さなくても、妙徳院には通じるように思った。

「心(しん)は、こころのありようです」

それは分かるような気がする。

「行は、この宇宙の万有を造る元のことです」

分からなくなった。

寒九郎は心の中で妙徳院に問うた。

行とは、いったい何ですか？

「行は、木、火、土、金、水の五行。これに、日月の光を加えた七行が宇宙の万有を造っている根源なのです」

では、体とは？

「体は存在そのものです」

その三位一体とは？

「それが森の精、木霊です。すなわち、木霊が心行体の三位一体なのです」

妙徳院は優しく微笑んだ。

木霊が、心行体の三位一体？

寒九郎は木霊という言葉を口の中で何度も反芻した。

「寒九郎、木霊が谺一刀流の奥義なのです」

寒九郎はまだ理解出来ずに妙徳院の顔を見つめていた。

「まだ、あなたには分からないと思います。あの人も、谺一刀流の奥義に到達するまで、だいぶ時がかかりました」

あの人とは、祖父仙之助のことだ。

「奥義を会得してのち、仙之助はさらに技を編み出し、それを磨いていったのです」

寒九郎は呆然として、ただ妙徳院を見つめた。

「谺一刀流の奥義を理解出来ず、ただ小手先の剣技と勘違いした者は道を違え、結局、自滅しました。神崎仁衛門のように」

なるほど、では、どうやったら、奥義に到達出来るのか？

妙徳院は菩薩のように微笑んだ。

「あなたは、まだ奥義のとば口に立ったばかりです。朽ち木になるよう、さらに森で修行を積まねばなりません」

自分に奥義が会得出来ましょうか？

「出来ます。私は、この一月、あなたの修行をじっと見ていました。あなたに、仙之助の姿が見えました。やはり、血は争えません。谺一刀流を甦らせることが出来るのは、寒九郎、あなたしかおりません」

ありがとうございます。しかし、それがしには自信がありません。

「寒九郎、私が教えることは、すべて伝えました。ここから先は、白神の森に籠もり、仙之助の直弟子阿吽に教えを乞い、谺一刀流の剣技を習得しながら、さらに奥義を極めるよう、修行を積みなさい」

直弟子の阿吽？

「阿は大曲兵衛、吽は南部嘉門のこと」

寒九郎は、背後に人の気配を感じた。

殺気はない。だが、かすかに人がいる気を感じる。

「兵衛、寒九郎を白神山地の南部嘉門の許に連れて行き、おまえたちが知るすべての剣技を教えなさい」

妙徳院は穏やかにいった。寒九郎はゆっくりと振り向いた。

「はい。妙徳院様。仰せの通りにいたします」

いつの間にか、大曲兵衛がブナの幹の陰に片膝立ちして控えていた。

三

蠟燭の火が揺らめいた。

寒九郎たちは囲炉裏を囲み、暖を取りながら、濁り酒を飲んでいた。寒九郎は、大館城下での修行を切り上げ、白神山地に籠もろうと思うと話した。

突然の話に、風姫や草間大介は驚いた。

「これから白神山地は雪深い冬を迎える。まだ雪が降っていないうちに、白神山地に入り、修行をしながら、冬を越したい」

「あなた、白神の厳しい冬をご存じなの？」

　レラ姫は声を詰まらせた。

「それがし、津軽は弘前城下に生を受けた。津軽の冬の厳しさは存じているつもりだ。ツガル男子は雪の冬を越してこそ、本当の男になれる。それがしは大曲兵衛とふたり、白神の山に入り、修行を積む。おぬしは、草間大介と一緒にここに留まり、春を待て。春には、それがし、秋田大館に戻って来る」

「寒九郎、おぬしが行くなら、それがしも、ついて行く」

　レラ姫は真剣な眼差しで、寒九郎を見つめた。

　寒九郎は穏やかに頭を左右に振った。

「白神は女人禁制だ。ぬしを連れては行けぬ」

　レラ姫は寒九郎を睨んだ。

「美雪様も、若いころ、その禁を破り、仙之助様を追って白神に入ったと聞きました。妙徳院様、違いますか？」

　レラ姫は傍らの妙徳院に目をやった。尼僧姿に戻った妙徳院はにこやかに微笑み、頷（うなず）いた。

「寒九郎、強い女子は一度、こうと覚悟を決めたら、決して引きません。覚悟なさい」

「しかし」

「しかしも、何もありませぬ。女子を連れて山に籠もる。それも修行の一つです。レラ姫、あなたたちを見ていると、まるで昔の仙之助と私を見ているみたい。思い出します」

「祖母上」

寒九郎は、祖母にレラ姫を止（と）めてほしかった。だが、逆になってしまった。

「寒九郎、そうやって、若い仙之助も、私を連れて白神に入り、一生懸命修行して、谺一刀流を編み出したのです。谺一刀流を甦らせるには、あなたも仙之助と同じ道を歩まねばなりませぬ。それが宿命というものです」

黙って聞いていた草間大介が座り直した。

「もちろん、傅役（もりやく）の拙者も、寒九郎様について参りますぞ」

草間大介も顔をきりりと引き締めていった。

寒九郎は腕組みをして唸った。

妙徳院は静かにいった。

「レラ姫も草間大介も白神に入り、寒九郎とともに修行をなさるがよかろう」

「ありがとうございます」

レラ姫は嬉しそうに笑った。傍らに座った大曲兵衛もうなずいた。

寒九郎が妙徳院の指導の下(もと)、隠れ屋敷を囲む広大な森の中で、奥義を習っている時、レラ姫と草間大介は大曲兵衛の手ほどきで、谺一刀流の基本技を習っていた。

レラ姫も草間大介も剣技ではかなりの腕前だったこともあって、上達は早く、たちまち谺一刀流の基本技は習得していた。

寒九郎は妙徳院に向いていった。

「白神に発つ前に、ひとつだけ、お尋ねしたいことがございます」

「何でしょう？」

「竹中善之介(たけなかぜんのすけ)様についてです」

妙徳院は、ふっと微笑んだ。

寒九郎が聞いた話はこうだ。

祖父谺仙之助は、江戸の明徳(めいとく)道場で鏡新明智流(きょうしんめいちりゅう)の免許皆伝を受け、郷里の秋田藩に戻った。そこで藩の剣術指南を務める一方、白神山地に籠もり、若くして山岳剣法を取り入れた谺一刀流を開いた。仙之助は弘前城下に下り、挑んで来る名立たる剣客をことごとく打ち破り、谺一刀流の名を全国に知らしめた。

一方の竹中善之介は、仙之助と幼なじみで、柳生新陰流（やぎゅうしんかげりゅう）免許皆伝の腕前。同じ秋田藩の剣術指南を務める剣客として、谺仙之助の生涯の宿敵とされた。それというのも、竹中善之介は、許婚（いいなずけ）だった美雪を仙之助に奪われたためであった。

竹中善之介は、弘前城下にいる仙之助に果たし状を出した。仙之助はこれを受けて、津軽藩指南役立合いの下、岩木山（いわきさん）中で果たし合いを行なった。

結果、竹中善之介は祖父に打ち勝ち、秋田大館城下に戻ると「谺一刀流残月剣（ざんげつけん）敗れたり。仙之助は己れが斬った」と喧伝（けんでん）して回った。しかし、斬られて死んだはずの谺仙之助はその後も生きているのが分かり、仕合いに勝ったはずの竹中善之介は、深手を負っており早々に亡くなってしまった。

いったい、祖父仙之助と竹中善之介の間に、何があったのか。その真相を知りたかった。

「竹中善之介様は、祖母上の許婚だったとお聞きしました。祖父仙之助は美雪様を奪い去り、駈け落ちするかのように白神山地に逃れたのですね」

レラ姫も身を乗り出すようにして、妙徳院を見つめた。

「ええ。私は親が決めた許婚の竹中善之介様に嫁ぐつもりでした。ところが、仙之助が現われ、私の身も心も奪うようにして駈け落ちしたのです。私たちはいまのあなたたちのように若くて、何も恐くなかった。互いに夢中で、後先も考えなかった。私たちは津軽藩領の白神山地に逃げて籠もったのです。仙之助は谺一刀流の技を磨くのに夢中、私も彼に付き添い、一緒に修行をし、谺一刀流を高めたのです。あのころ、毎日が充実していて、私たちはとても幸せでした」

妙徳院は母の菊恵そっくりな顔になり、遠くを見つめていた。

「でも、数年経ち、津軽藩内の雲行きが怪しくなったのです。仙之助は幕府から、当時ツガル皇国を創ろうとしているエミシ一族の安日皇子を密かに殺めるよう密命を帯びていました。その準備をしている時に、竹中善之介様からの果たし状が私たちの許に届いたのです。仙之助は迷いました。そこで、ある事情をいい、竹中善之介様に申し入れたのです。少しばかり延期してほしい、と」

「ある事情というのは？」

「私がややこを懐妊していたのです。寒九郎、あなたの母菊恵がお腹にいたのです」

「竹中善之介様は？」

「それまで、仙之助に勝てば、私を取り戻せると思っていたのです。それで、二度と再び、竹中善之介様の許には戻らないと分かり、彼は絶望なさった。そして、善之介様は仙之助に勝っても、私が戻らないとなれば、仕合いは急ぐことはない、と思われたらしく、しばらく延期することに同意なさった。そして、その間に、仙之助は十三(とさ)湊(みなと)に出向き、安日皇子暗殺に成功したのです。いまから三十年前のことです。レラ姫、あなたの祖父にあたる方ですね」

「はい。先代の安日皇子ですから、私の祖父にあたります」

「当時もいまも安日皇子様一族のみなさんに、申し訳なく思っています。仙之助も、暗殺後、ひどく落ち込んでいました。仙之助は、谺一刀流を使って、安日皇子をはじめ大勢の方々を殺めたことを深く後悔しました。その罪滅ぼしとして、谺一刀流を邪剣として封印したのです」

「では、竹中善之介様との果たし合いでは、祖父上は谺一刀流を使わなかったのですか？」

「使いませんでした。封印したのですから」

「では、竹中善之介様がいった残月剣敗れたりという言葉は何だったのですか？」

「竹中善之介様の仙之助に対する友情の証(あかし)だったと思います」

「友情の証？　もしかして、果たし合いはなかったのですか？」

「いえ、果たし合いはありました。ただ、仙之助は竹中善之介様に斬られて死ぬつもりでした。竹中善之介様は立ち合ううちに、仙之助の意図を見破り、咄嗟に斬る寸前で己れの刀を止めたのです」

　妙徳院は静かに当時の出来事を語った。

　刀を止めたものの、竹中善之介の軀の動きは止まらず、仙之助の刀を避けきれなかった。そのため、竹中善之介は不覚にも胸に手傷を負った。仙之助は思わぬ成り行きに驚き、刀を返して、おのれの腹に突き刺そうとした。

　竹中善之介は手傷を負っているにもかかわらず、仙之助に飛びかかり、刀を押さえて自害を止めさせた。だが、竹中善之介は、さらに深手を負ってしまった。

「立会い人の津軽藩指南役の真貴雄之介様が、これでは果たし合いにならぬと仲裁に入り、立合いを止めたのです」

「それから、いかがなことに？」

「仙之助は我に返ったのです。このままでは、竹中善之介様が死んでしまうと。己れが死なず、何の関係もない竹中善之介様を死なせるわけにはいかぬ。そこで、仙之助は真貴雄之介様とともに、竹中善之介様を馬の背に乗せて、岩木山中から弘前城下に下ろし、津軽藩お抱えの蘭医の診療所に運び込んだのです」

蘭医は刀傷を縫合手術して血を止めた。祖母美雪が三日三晩、ほとんど眠らずに竹中善之介に付き添って看病した。その結果、竹中善之介はようやく命を取り止めた。

竹中善之介は、見舞いに来た仙之助を捉(つか)まえ、なぜ、自分に斬らせようとしたのか、わけをいえ、と詰問した。

仙之助は安日皇子を殺めたことを竹中善之介に告白した。たとえ、幕府の密命にせよ、畏れ多くも、皇統にある皇子を斬った罪は重い。万死に値する。それゆえ、おぬしに斬られて死にたかった、と告げた。

竹中善之介も立会い人の真貴雄之介も話を聞いて、仙之助に同情した。仙之助が死をもって罪を償(つぐな)うというのに対して、竹中善之介は、それでは責任を果たしたことにならないと仙之助を諭(さと)した。

仙之助がすべきことは、安日皇子の皇統を絶やさず、復活させることだ。嫡子の皇子を育て、お守りするのが、先代安日皇子を殺めたことの罪滅ぼしになる。その責任を果たさずに死ぬのは、早すぎる。ただ逃げることになる、と。

仙之助も竹中善之介に諭され、納得した。だが、問題は、果たし合いをどうするか、となった。竹中善之介は、秋田藩の仙之助追討の藩命もあって、結果を報告せねばならない。

　そこで真貴雄之介が立合い人として判定を下した。

　果たし合いは、竹中善之介の勝ちとする。刕一刀流の秘剣残月剣は、竹中善之介の柳生新陰流の技によって、打ち負かされたものとする。果たし合いの結果、刕仙之助は重傷を負い、死んだものとし、刕一刀流は封印する。

　真貴雄之介の判定に、刕仙之助も竹中善之介も同意し、将来、いっさい異論を吐かないと誓約を交わした。

「竹中善之介様は、私との婚姻を諦め、仙之助との誓約を死ぬまで守ったのです。竹中善之介様は実に誠実で立派な武士でした。私は仙之助を選んだものの、竹中善之介様をいまもサムライとして尊敬しております」

　妙徳院は静かに言葉を結んだ。

　寒九郎は姿勢を正し、妙徳院の話に聞き入っていた。

四

　湖面に粉雪混じりの風が吹き寄せていた。小さな波が灰色の湖面一面に立っている。

　寒い。

これがしばれるという寒さか。

湖上であるがゆえになお寒い。

武田由比進は震えを押さえられないでいた。

隣に立つ吉住大吾郎もぶるぶると震えている。

分厚い蓑笠を被り、綿入れの羽織を着込んでいても、凍えるような寒さが足許から這い上がって来る。吐く息も白く、湯気のようだった。

愛馬春風も勝蔵も背に筵を被せてあるが、やはり寒いらしく、床板を足で踏み鳴らしている。

由比進と大吾郎は渡し船の甲板に佇んで、目の前に迫ってくる十三湊を望んでいた。

湊の桟橋には、何艘もの北前船や廻船が横付けされ、大勢の人夫たちが荷の積み降ろしをしている。

沖待ちする北前船や廻船も何十艘もいて、十三湊は聞きしに勝る繁昌ぶりだった。

沖待ちする船の中には異国の巨大な帆船の姿もある。北前船が子どもに見える。

帆柱の上の方に、青と白、赤の三色旗が風にはためいていた。

「あんな大きな船が出入りしているのか」

大吾郎は大声で叫んだ。由比進がため息をつきながらいった。

「あれはたしか魯西亜(ロシア)の国旗だ。十三湊では、魯西亜と交易しているってことか」

「異国との貿易は、幕府に禁じられているんじゃないのか?」

「そのはずだが、どうも様子が変だな」

渡し船は桟橋に近付いた。船頭たちが纜(ともづな)を桟橋に投げた。陸(おか)にいた水夫が纜を受け取り、桟橋の杭に結びつけた。

船縁(ふなべり)と桟橋の間に、分厚い板が掛けられ、乗っていた客たちがその板の橋を渡って桟橋に下りて行く。

やがて、由比進と大吾郎の番になった。二人は、それぞれ愛馬の轡(くつわ)を取り、板の上を歩かせ、桟橋に降り立った。

桟橋から町へ入るにあたって関(せき)が設けられていた。幕府の葵(あおい)の紋が入った幟(のぼり)が何本も立っている。

由比進は大吾郎と顔を見合わせた。

さすれば、十三湊での魯西亜との交易は、幕府直轄で行なわれているということか。

柵(さく)の出入口には、焚火が焚(た)かれ、幕府の役人たちが焚火で暖を取りながら、到着した旅人の道中手形を調べていた。なかには背負った荷物を解かせて中身を検(あらた)めている者もいる。

役人たちは小袖胴着に野袴、黒羽織姿で、頭には塗一文字笠を被っていた。

役人たちの態度は居丈高で、行商人たちを虫けらのように扱い、怒鳴り散らしている。

「おい、そこの旅の者たち、手形を出せ。なにゆえこの地を訪れたのだ？」

塗一文字笠のやや身分の高い役人が由比進と大吾郎に手を差し出した。

由比進と大吾郎は公儀隠密の半蔵から手渡された道中手形を懐から取り出した。手形は老中田沼意次の署名が入った特別のものだった。困った時には、この道中手形を出せば、たいていのことはなんとかなる、と半蔵はいっていた。

役人は横柄な態度で、由比進と大吾郎をじろりと見たが、手形を見た途端に、姿勢を低くし、卑屈な態度になった。

「これはこれは遠路はるばるお越しになられ、ご苦労さまにございます」

役人はすぐに下の者を呼び付けた。

「お泊まりはどちらでございますかな」

「丸亀という旅籠といわれている」

半蔵は、十三湊に行くなら、丸亀という船宿が安心だと勧めた。そこは、半蔵がよく知っている老舗の旅籠だといった。宿の主人は亀岡伝兵衛といい、地元の有力者で、幕府の協力者だともいった。さらに、一時、北風寒九郎も滞在したと告げた。もしかすると、亀岡は寒九郎の行方を知っているかも知れない、ともいった。

　こちらに来て、まだ寒九郎の行方は分かっていない。夏の一時(いっとき)、十三湊にいたということまでは分かっている。十三湊に行けば、寒九郎の居場所が分かるかも知れない。それが、今回の旅の狙いだった。

「さようでございますか。すぐに案内させましょう」

　役人は下の中間(ちゅうげん)に顎をしゃくり、案内するように命じた。

　半蔵のいった通り、役人たちは手荷物を調べようともせず、すぐさま由比進と大吾郎を通した。小者が飛んで来て、春風と勝蔵の轡を取って歩き出した。ほかの旅人たちが、うるさく問われている脇を、由比進と大吾郎は中間小者に案内されて十三湊の街に入った。

　十三湊の街には船宿や廻船問屋などの立派な家屋が立ち並び、商店街は人通りも多かった。ぶらぶらと歩いている人の中には、筒袖筒袴姿の背が高い異国人たちの姿もあった。

　異国人たちは揃いの筒袖を着込み、一様に髭を生やしていた。沖待ちしている異国船の船員たちだった。なかには、ずんぐりとした太いキセルを啣(くわ)え、莨(たばこ)を喫(す)っている異国人の太った髭男もいた。

由比進と大吾郎は、寒さも忘れ、異国人や街の賑わいを眺めながら、中間について歩いた。

中間は街の大通りの中程に来ると、丸亀の屋号のついた看板を掲げた船宿の前で止まった。

「こちらでございます」

中間は真っ先に船宿の土間に入り、大声で番頭を呼んだ。帳場から出て来た番頭は、愛想よく由比進と大吾郎を迎えた。

「いらっしゃいませ」

由比進と大吾郎は名乗った。番頭は心得顔で手をこすりながら、女中を呼んだ。

「半蔵様から、お二人のお名前は伺っています。お部屋をご用意してあります。ご安心ください」

「馬の面倒もお願いしたいのだが」

「はいはい。もちろんにございます。後ろに厩をご用意してあります」

番頭は馬丁を呼び、春風と勝蔵を厩に連れて行くように申し付けた。

下女がお湯の入った洗い桶を持って来た。

「ようこそ、お越しくださいました」

女将（おかみ）が式台に現われ、正座して二人を迎えた。

足を洗った由比進と大吾郎は、女将に案内されて、二階への階段を登った。

「御寒うございましたでしょう。もう十三湊は冬でございますからねえ。今夜あたりは雪が降るかも知れませぬ」

通された部屋は六畳間だった。すでに火鉢が持ち込まれ、炭火が熾（おこ）され、部屋の空気が温まっていた。部屋の中央には炬燵（こたつ）があった。布団をめくると、中に行火（あんか）があった。行火の中では炭火が暖気を放っていた。

「まずは夕食の前にお風呂はいかがでしょうか？　旅の汗や埃（ほこり）を洗い流してさっぱりなさいませ。寒い日には、お風呂が一番ですよ。浴衣（ゆかた）にお着替えなさいませ。暖かい褞袍（どてら）もご用意してございます」

この数日、風呂に入っていないのを思い出した。きっと躯が臭うのだろうと由比進は思った。

「由比進、風呂に入る前に、もう一汗かかんか」

大吾郎がいった。このところ、思い切り躯を動かしていない。

「よかろう。女将、この付近に砂地か草原はありませんか？」

「そりゃあたくさんありますよ。松林の向こうに行けば大海原、そこには砂浜が拡がっています」

「よし、大吾郎、行こう」

由比進は裁着袴を脱ぎ、道中着ていた羽織も脱いだ。胴着も脱いで、下帯に小袖一枚をまとう姿になった。女将は驚いた。

「何をなさるのです？」

「稽古でござる」

「よし。行くぞ、由比進」

「おう。浜辺まで駆け比べだ」

大吾郎と由比進は木刀を手に二階から駆け下りた。土間に飛び降り、裸足のまま通りに飛び出した。風が寒いが、走るうちに軀が温まる。

通りを歩いていた通行人たちは、木刀を手に走る二人を見て慌てて飛び退いた。

二人は喚声を上げ、木刀を掲げ、街の裏手の松林に突進した。走るうちに小袖がはだけ、上半身や脚が露になった。

何事か、と子どもたちが、半裸姿の二人のあとを追ってついて来る。

松林を抜けると、大海原が拡がっていた。風が吹き寄せ、すぐに軀が冷える。浜には怒濤が押し寄せていた。波が崩れ落ちる度に、どどどっと波の音が轟いた。

砂利混じりの砂浜が拡がっていた。

太陽が水平線間近まで下りていた。日没が近い。

由比進と大吾郎は、浜辺に走り込み、顔を見合わせた。

ここでよし。

二人は足を止め、くるりと向きを変えて、向き合った。木刀を構えた。

由比進は鏡新明智流青眼の構え。対する大吾郎は起倒流下段の構え。

じっとしていると凍えそうに寒い。大吾郎が気合いもろとも、下段の構えから一気に斬り上げる。対する由比進は大吾郎の木刀を打ち払い、真直ぐに突き入れる。大吾郎が今度は由比進の木刀を打ち落として、飛び退いた。同時に由比進も後ろに飛び退く。

「喧嘩だ喧嘩だ」

「やーいやっちまえ」

追ってきた子どもたちがやんやの歓声を上げる。

太陽が水平線近くまで傾き、あたりが茜色に輝いている。海原に黄金色の光の柱が立っていた。

由比進と大吾郎は構わず攻守ところを変えて、木刀を打ち合った。あらかじめ決めてある組打ちだが、少しでも打ち間違えれば、相手に大怪我を負わせてしまう。一つの組打ちを終えるまで、気が抜けない。

すでに由比進も大吾郎も軀のあちらこちらに勢い余った木刀の打ち傷が出来ていた。血が滲む箇所もある。

「大吾郎、待て。素振りに変えよう」

「うむ。素振り百回だ」

「いや。二百回だ」

「よし。二百回」

由比進と大吾郎は並んで、沈みゆく太陽に向かい、大声で数を数えながら素振りを始めた。前後に足を進めては退く。木刀が振り下ろされる度に、びゅんびゅんと唸りを上げる。

子どもたちは呆気に取られて、二人の様子に見入っていた。

素振りを続けるうちに、見る間に由比進も大吾郎も顔や軀が赤くなっていく。北風が吹き寄せるなか、二人は素振りを続けた。

「二百ッ」

二人はほとんど同時に二百を数え、最後に裂帛の気合いで木刀を振り下ろし、素振りを終えた。

二人ともびっしょりと汗をかいていた。

太陽は水平線に沈み、残照が雲を赤く染めていた。

「よし、撤収」

「撤収！」

由比進と大吾郎は、静かに太陽の沈んだあたりに向かって深々と一礼した。ついで、踵を返して、松林に向かって駆けはじめた。子どもたちは、突進して来る二人を見て驚き、街に向かって逃げ出した。二人は木刀を振り上げ、子どもたちのあとを追った。

一風呂浴びた由比進と大吾郎は夕食を終え、部屋で炬燵に入って寛いでいると、宿の主人の亀岡伝兵衛が挨拶に現われた。

「お二人とも、お元気ですな。浜辺で荒稽古をなさったそうで」

「あまり寒くて、じっとしていると、凍えそうだったので」

由比進は恥じらっていった。

「無理にでも軀を動かさないと、いざという時に軀が動かないので」

大吾郎はにっと笑った。

「さすが、お二人ともお若い。半蔵様からお聞きしました。お二人は寒九郎様の助けに参られたとか」

「さようでござる。寒九郎は、それがしの従弟(いとこ)。実の弟のような者」

由比進がいった。大吾郎が続けた。

「それがしにとっても、寒九郎は将来、義理の弟になる男。妹の許婚でござる」

亀岡伝兵衛は急に困惑した顔になった。

「寒九郎様には、許婚がおられたのですか？」

「はい。それがしの妹お幸と相思相愛の仲でござる。それゆえ、それがし、寒九郎を生きて連れ帰らねばならないのでござる」

「さようで」

亀岡伝兵衛は沈んだ声になった。

部屋の蠟燭の炎が揺らめいた。

「伝兵衛殿、そのことで、何か問題があったのですか？」

「いえ。何も問題はありません。ただ、寒九郎様から許婚がいるというお話は伺っておりませんでしたから、驚いただけです」

由比進は大吾郎と顔を見合わせた。

どうして伝兵衛は寒九郎に許婚がいると知って驚いたのか？

由比進は、亀岡伝兵衛は何か隠している、と直感した。それが寒九郎の許婚に関してのことなのに違いない。

もしかして、寒九郎はこちらで新たに好きな女子が出来たのではないか。それも亀岡伝兵衛の身近にいる娘と恋仲になった？

大吾郎は、そこまで思い至らぬようだった。兄として、お幸の行く末を思い、あくまでも寒九郎を信じているのだろう。

大吾郎が膝を乗り出して尋ねた。

「もしや、伝兵衛殿は」

伝兵衛は何を問われるか、と恐れ、ぎくりとした様子だった。

「寒九郎がいま、何処にいるのか、ご存じなのではありませぬか？」

伝兵衛はややほっとした顔でうなずいた。

「寒九郎様たちは船で、秋田藩の大館城下に向かわれました」

「秋田でござるか。近い」

大吾郎と由比進は顔を見合わせた。

「近いといっても、途中、白神山地がございますので、大きく迂回して行かねばならず、まして、これから秋田も白神山地も雪に閉ざされてしまいます。雪国でお暮らしになったことはございますか？」

「いえ。ござらぬ」

「それでは、その難儀は何かに譬えようもないものになりましょう。雪の山に野垂れ死にすることも覚悟せねばなりません。お薦め出来ませんな」

「さようでござるか」

　由比進は陸奥の冬の厳しさは、母早苗から聞いてはいた。母は白神山地に生まれ、陸奥の大地に育った。陸奥を襲った飢饉の際には、母たちは飢えと寒さで親子ともども危うく死に損なったという話をしていた。二度と再び、飢饉にあいたくないといっていた。

「伝兵衛殿、寒九郎たちは船で秋田に下ったと申されましたな。我らも船で行くことは出来ますまいか」

　大吾郎が伝兵衛に迫った。伝兵衛は少し考え込んだ。

「出来ないこともありません。ただ、季節が冬となると、船はよほど大きなものでないと、出航しませぬ」

「たとえば、十三湊から越後に向かう北前船や廻船に、我ら二人と馬二頭を乗せてもらうことは出来まいか」

「出来ないことはないのですが、それなりのお金と天候に恵まれないと、非常に難しい」

「お金は、いかほどかかるのでござろう？」

由比進は心細い路銀を考えていった。

大吾郎も神妙な顔で聞いている。

「どうしても、寒九郎様にお会いになられたいと申されるのですな」

「さよう。どうしても寒九郎に会いたい」

「船に乗せていただけませぬか？」

由比進と大吾郎は口を揃えていった。

伝兵衛は目をきらりと光らせた。

「お二人は、なぜに、そのように寒九郎様にお会いになられたいと申されるのか？」

「刺客たちが、寒九郎や祖父谺仙之助様の命を狙っているのです」由比進はいった。

「我らが江戸を出る前に、何人もの刺客が江戸を出立しているのです。寒九郎や谺仙之助様の御命が危ない。我らは、なんとしても寒九郎や谺仙之助様をお助けするべく」大吾郎も勢い込んでいった。

伝兵衛が悲しげな顔をした。

「残念なことに、嶝仙之助様は、先月、刺客の放った毒矢に射たれて、お亡くなりになりました」

「なんと、祖父上が刺客に討たれたと申されますか」

由比進は驚いて伝兵衛に向き直った。やはり祖父上仙之助は生きていたのだ。だから、寒九郎は必死に祖父上に会おうとして陸奥に入った。己れも一目でもいい、祖父上仙之助に会いたかった。遅かったか。

由比進は臍を噛んだ。膝の上の拳をきつく握り締めた。涙は出ない。だが、心に大きくて空虚な穴が開いたように思った。

「祖父上は、どのような最期を遂げられましたか？」

伝兵衛は、嶝仙之助が刺客に射られた前後の経緯を縷々話した。

「襲った刺客は？」

「五人の刺客で、首領ともいう男は額に鈎手の刺青をしたサムライとのこと。寒九郎様によれば、その鈎手の刺青の首領率いる者たちが、寒九郎様のお父上鹿取真之助様を殺め、母菊恵様を死に追いやった下手人たちだと申されました」

「その五人の刺客は、いったい何者なのですか？」

「おそらく幕府の反老中田沼派が放った刺客だろう、と」

反老中田沼派というと、いまの老中田沼意次の幕府主流派に反対する松平定信(まつだいらさだのぶ)たちであろう。

なぜ、反田沼派が祖父の谺仙之助や、津軽藩の要路である鹿取真之助を亡き者にしようと刺客を放ったというのか？

「老中田沼派が支援する、安日皇子様のアラハバキ皇国が出来るのを阻止するためでございます」

安日皇子様のアラハバキ皇国？

由比進と大吾郎は、伝兵衛が語る壮大なる北のエミシの建国の話に息を呑んだ。何から何まで初めて聞く話だった。江戸にいては、まったく分からない広い世界が、由比進には少し見えて来たように思った。

そうか。寒九郎が追いかけていたのは、こんな世界だったのか。

由比進はあらためて納得出来たように思った。

大吾郎が尋ねた。

「寒九郎は、その刺客たちを討てなかったのですね」

「谺仙之助様を介抱するのが先で、刺客たちを取り逃がしたそうなのです」

「ということは、今度は刺客たちは、寒九郎を狙うのでしょうね」

「おそらく」

「なぜ、刺客たちは、祖父や寒九郎を執拗に狙うのですかね？」

「谺仙之助様や寒九郎様は、アラハバキの血筋の者。遠いご先祖様はアラハバキ族でした。そして、谺仙之助様とその後（あと）を継（つ）ごうとしている寒九郎様は、アラハバキ皇国復興の鍵を握る要（かなめ）の人物だからです。反田沼派は谺仙之助様と寒九郎様を亡き者にすれば、アラハバキ皇国は出来ない、たとえ、出来ても大したことは出来ないと見ているのです」

「もし、アラハバキ皇国を創らせないというなら、安日皇子様の命を狙うのでは？」

　由比進があえて訊いた。伝兵衛は答えた。

「かつて幕府は一度は、そう考え、谺仙之助様ら何人かを刺客にして、この地に送り込んだ。だが、安日皇子様を殺めることは、畏れ多くも皇統の血筋の者を殺める天の大罪。谺仙之助様は、先代の安日皇子様を殺めてしまい、それを悔いて、谺一刀流を廃棄、封印した。その上で、いまの安日皇子様にお仕えし、アラハバキ皇国の再興に力を注（そそ）いだわけです」

思わぬ話に由比進と大吾郎は驚愕するばかりだった。

「寒九郎様は死ぬ間際の仙之助様から、谺一刀流の封印を解けといわれたそうです。解いて、仙之助様の遺志を継いで、安日皇子様に仕(つか)え、お守りするようにと遺言なさった」

由比進は生唾を飲んだ。

「谺一刀流の封印を解けといわれたというのですか」

「そうでございます」

「しかし、寒九郎は、谺一刀流の奥義も技も習っておらぬのでは？」

「仙之助様は、万が一のことを考え、奥義は奥様の美雪様に、技は直(じき)弟子の阿吽に伝えてあるのだそうです。それで、寒九郎様たちは、美雪様が隠居されておられる秋田藩の大館城下に訪ねて行かれたのです」

「祖母の美雪様も生きていたのですか」

由比進は思わぬ話にほっと安堵のため息をついた。祖父仙之助が死んだとされた時、祖母美雪も亡くなったと聞いていたからだ。

そうか。寒九郎は祖母が生きていると聞き、なおのこと、祖母に会いたい一心で、秋田に向かったに相違ない。

「美雪様は、仙之助様が亡くなられたものと覚悟なさり、頭を剃って尼になっておられました。いまは妙徳院様とお名乗りなさっておられる。寒九郎様は仙之助様の遺骨はツガルの海にお撒きになった。遺骨のうち喉仏だけを持って、妙徳院様にお届けすると申されていました」

由比進は大吾郎と顔を見合わせて、いった。

「伝兵衛殿、いまのお話をお聞きして、なおのこと、秋田の大館城下に行きたくなりました。ぜひとも、祖母妙徳院様にお目にかかりとうございます」

伝兵衛はため息をついた。

「この時期、強い北風が吹き、海は毎日時化が続きます。北前船が北風に逆らって荒れた海を航海するのは至難の業です。かなり熟練した船頭でも尻込みします。数少ない晴れた日和を狙って、一斉に船を出すことになります。そうした北前船や廻船は荷物を満載します。とても人や馬を乗せる余裕はありません。私なら春になるのを待ちますが」

「一冬をこちらで越すというのですか？」

由比進は大吾郎と顔を見合わせた。いくら節約しても、一冬越す路銀はない。こちらには、頼るあてもない。弘前城下の親戚といえば寒九郎の鹿取家があったが、当主の鹿取真之助と伯母菊恵は、津軽藩の紛争に巻き込まれ、亡くなっている。

「及ばずながら、当船宿でお過ごしになられるなら、お二人の生活の面倒は見させていただきますが」

「かたじけない。だが、そこまでご迷惑をおかけするわけにもいきません」

由比進は腕組みをし、黙って考え込んだ。

「伝兵衛殿、あなたのお力で、船の手配、なんとかなりますまいか」

大吾郎は伝兵衛を見つめた。

伝兵衛も、腕組みをし、しばらく黙った。重苦しい沈黙があたりに流れた。

蠟燭の芯の灼ける音が部屋に響いた。

「分かりました。心当たりの船主に、相談してみましょう」

「ありがとうございます」

由比進は大吾郎とともに頭を下げた。

「とはいえ、まもなく十三湊は雪に閉ざされ、廻船も北前船も出入り出来なくなります。その前に、なんとか、越後に向かう船に、お二人と二頭の馬を乗せてくれる船があるかどうか。天に祈るしかありませぬ」

伝兵衛は目を瞑っていった。

裏手の方角から、荒々しく波が浜に打ち付ける潮騒が聞こえて来た。

五

由比進は朝早く目覚め、蒲団に身を起こした。一晩中続いていた潮騒が、いくぶんか収まったように感じた。

「お早ようございます」

女中が廊下の雨戸をがらりと開けた。障子戸に明るい陽射しがあたっていた。

由比進は起き上がり、障子を開けた。

眼前に十三湖の青々とした湖面が拡がっていた。遠くに見える山並みは雪を被り、真っ白になっていた。

太陽が山端から顔を出し、暖かい陽射しを投げていた。ひんやりした鮮烈な冷気が部屋に入って来る。

「おう、寒い寒い」

大吾郎が褞袍を羽織り、由比進の傍らに立った。

「おい、あれは白鳥か」

由比進は冷気を味わいながら、湖面に群がる鳥の群れを指差した。

「そうだろうな。綺麗（きれい）だな」

由比進は西の方角にそびえる富士山に似た山を差した。

「そして、あれが津軽富士の岩木山（いわきさん）か」

「そうだな。岩木山も雪を被っているな」

十三湊から何艘もの北前船が出て行くのが見えた。沖待ちをしていた廻船や異国船の姿はなかった。朝早く、出港したのだろう。

「おれたちも、早く秋田に行きたいな」

「伝兵衛殿が、なんとか手配してくれるだろう。それまで、待つしかない」

部屋では手代が二人が寝ていた蒲団をさっさと畳んで片付け、押入れに入れていた。女中が熾（おこ）した炭火を器で運んで来て、炬燵の行火に入れた。火鉢にも炭火が青い炎を立てている。それでも、部屋の中は、障子を開けていたせいもあって、冷えきっていた。

「おお寒、小寒」

大吾郎は障子を慌てて閉めた。炬燵に潜（もぐ）り込む。

由比進は火鉢に手をかざして暖を取った。

「大吾郎、やるか」

大吾郎は炬燵から顔を出した。

「畜生、寒い。やろう」

「よし。行くぞ」

由比進は縕袍を脱ぎ捨て、木刀をひっつかむと、裸足で階段を駆け下り、表に飛び出した。後ろから、大吾郎が追いかけて行く。

道路を歩いていた漁民らしい男たちが、二人の血相を変えた形相に驚いて立ち止まった。

由比進と大吾郎は、十三湖の湖畔に駆け込んだ。二人は、太陽に向かい、合掌して、祝詞(のりと)を上げた。

それから、揃って木刀の素振りを始めた。初めは軀が寒さに縮み上がり、思うように木刀が振れなかったが、百回も振っていると、次第に軀が温まり、素振りが滑らかになった。

「組打ちだ」

由比進は素振りを止め、大吾郎と向き合った。

二人はさっと間合いを取って、木刀を相青眼に構えた。太陽の暖かい陽射しが二人の躯を照らした。

「小手、面、胴！」

由比進は打ち込みの順を告げ、裂帛の気合いもろとも、小手を打ちにいった。

「小手！」

「おう」大吾郎は、軽く木刀で打ち払う。

「メーン！」

由比進は数歩踏み込み、大吾郎の面を打つ。大吾郎は面の打突を木刀で受け、飛び退いた。

「ドオ！」

由比進は叫びながら、抜き胴を打つ。大吾郎は胴を打つ木刀を木刀で受けた。

由比進は上段に構え、残心に入った。

「由比進」

大吾郎が鋭い声で注意を促した。

「分かっている」

大吾郎は由比進の背後を睨み、木刀を構えた。

「何者だ」

由比進は木刀を下ろし、岸辺に引き揚げてある漁船に向き直った。黒装束の人影が船の上に蹲って見物していた。

人影は立ち上がり、くるりと蜻蛉返りを打って、由比進と大吾郎の前に立った。

「半蔵にござる」

人影は覆面を緩めた。半蔵の精悍な顔が現われた。

「稽古のお邪魔をしては、と思いましてな」

「半蔵殿だったか」

由比進は木刀を左手に携えた。大吾郎も木刀を腰に納めた。

「お知らせがあります」

半蔵は小袖の胸の間から鳩を出した。

「伝書鳩ではないか」

由比進は大吾郎と顔を見合わせた。道中、見慣れぬ旅の侍が、時折、鳩を飛ばすのを見た。あれは、半蔵だったのか。

「江戸のお父上、武田作之介様から、急の報せが入っております」

半蔵は鳩の足に結びつけてあった紙縒りを解いて、由比進に見せた。

『寒九郎を追わず、至急に江戸に帰省せよ。お家に大事あり。作之介』

由比進は何度も文を読み、筆致を確かめた。紛れもない父作之介の筆跡だ。

お家に大事あり、とは、いったい何だ？

父上はよほどのことがない限り、お家の大事などという言葉は使わない。

「半蔵殿、この大事とは、いかなことと思われる？」

「分かりません。しかし、殿の浮沈にかかわるような大事か、とも」

由比進はふと不安になった。嫡子の自分がいない折、御上から武田家になんらかの沙汰があったというのか？

お家の大事？

父作之介は、先の報せでは、若年寄になった田沼意知の用人に登用され、扶持も千石に加増されたとあった。異例の出世だったが、そのことと関係があるのだろうか。

何があったか分からないが、おそらく母上も、さぞ心細い思いをなさっているに違いない。

「分かり申した。それがし、これより直ちに江戸へ帰ります」

「それがよかろうか、と」

半蔵も静かにうなずいた。

大吾郎が驚いた。

「え、由比進、おぬし、ここまで来ているのに、寒九郎に会わずに帰るのか？」

「うむ。父上がお家の大事といっているのに、このまま寒九郎探しを続けるわけにはいかん。大吾郎、おぬしは残れ。残って寒九郎に会え。そして、帰ることになった事情を話せ」

大吾郎はあたりをうろうろ歩き回った。その末に、木刀を構え、いきなり素振りを始めた。前後に足を進めては退く。次第に気合いが高くなっていく。

「半蔵殿、それがしは帰る支度をいたす」

由比進は半蔵に頭を下げた。

「では、その旨、江戸に知らせます」

また懐に抱えた鳩を出し、足に新しい紙縒(こよ)りを結び付けた。それから、鳩をいとおしむように軀を撫で、そっと空に放った。

鳩は羽撃(はばた)きをして、空に舞い上がった。

無事に江戸に着いてくれ。

由比進は鳩の姿を目で追いながら、祈った。

我が帰るまで、大事がありませぬよう、とも心に念じた。

「由比進、俺も一緒に帰るぞ」

大吾郎は素振りをやめ、由比進に向いていった。由比進は頭を振った。

「おぬしは残れ。寒九郎を助けろ。なんとしても寒九郎を連れ帰れ」

「由比進、おぬしひとりを帰すわけにはいかぬ。それがしは、おぬしの供侍だ。供侍が守るべき主人を捨てるわけにはいかぬ」

「大吾郎、俺はおぬしの主人ではない。対等の友だ」

「そういってくれるのは、ありがたいが、おぬしは、やはり主人だ。おぬしを一人帰したら、親父は俺をただではすまさない。親父に勘当される」

「ううむ」

由比進は大吾郎の立場も分からないでもないと考えた。

「お家の大事は、武家奉公人のわれら吉住家の大事でもある。こちらで、のんびり寒九郎探しをしているわけにはいかんだろう」

「しかし、寒九郎は一人ではないか」

「いや。寒九郎には、傳役の草間大介殿が付いている。寒九郎は一人ではない。妙徳院様もいる。直弟子の阿吽もいるではないか」

由比進は大きくうなずいた。

「分かった。おぬしも一緒に江戸へ帰ろう。大事さえ何事もなく済めば、また来年にでも、こちらに来ることは出来る」

半蔵は傍らで二人の様子をじっと見守っているのだった。

六

鳥越信之介(とりごえしんのすけ)は、枯山水の庭に立ち、風の気配に耳を澄ましていた。風は岩木山の方角から吹いてくる。凍えそうに冷えた風だ。本格的な冬の訪れを告げている。

松の枝越しに見える岩木山は、頂から中腹に至るまで雪を被っていた。

鳥越信之介は、岩木山の右手にそびえる弘前城の天守閣に目をやった。

「鳥越様、お茶のご用意が出来ました」

座敷から女の声がかかった。

津軽藩家老杉山寅之助(すぎやまとらのすけ)の奥方の咲(さき)の声だった。鳥越信之介は振り返り、咲に礼をいい、庭から下駄(げた)を脱ぎ、縁側に上がった。座敷には、大きな火鉢が置かれ、炭火が青白い炎をあげていた。

鳥越信之介は、幕府の公儀見廻り組として、津軽に派遣されていた。役の名は仰々(ぎょうぎょう)しいが、幕府に公儀見廻り組の職掌はない。見廻っても誰に報告するという決まりもない。あるとすれば、常に密命が届くまで待機していることだった。

鳥越信之介が家老杉山寅之助の邸に逗留するには、ある理由があった。

杉山寅之助は若手家老として、藩主津軽親丞(ちかすけ)の特別な寵愛を受けている藩政改革派の指導者である。そのため、保守中道派の筆頭家老津軽親高(ちかたか)と、守旧派の次席家老大道寺為秀(だいどうじためひで)とは折り合いが悪く、六年ほど前には、さまざまな理由からついに武力衝突をした。

守旧派の次席家老が、筆頭家老を抱き込み、改革派の若手家老杉山寅之助を追い落とそうと仕掛けたものだったが、これに対して、藩主は激怒し、若手家老の改革派を擁護し、筆頭家老と次席家老に厳罰を加えようとした。

だが、筆頭家老の津軽親高も次席家老の大道寺為秀も、藩主津軽親丞とは血縁で、縁戚関係にあり、果断な処罰を下すことが出来なかった。そのため、筆頭家老も次席家老も数日の閉門蟄居(へいもんちっきょ)で処分は終わった。

被害者の若手家老派は、鹿取真之助をはじめ、杉山家老の腹心たちも大勢殺された。杉山家老自身も刺客に襲われ、重傷を負ったが、生き延びた。一応、傷は癒えたものの、後遺症があり、杉山寅之助は病弱の身になっていた。

この藩主津軽親丞と若手家老の杉山寅之助を支援していたのが、当時の将軍の側用人で、のちに老中に取り立てられた田沼意次だった。

老中田沼意次は、将軍家治の寵愛を受けており、将軍の意を実行するとして、津軽十三湊を拠点とするアラハバキ皇国を創らせ、魯西亜など異国との交易を容認して、幕府の財源にしようと狙っていた。

対するに、次席家老の大道寺為秀には老中田沼意次の追い落としを狙う松平定信一派が付き、背後から支援していた。筆頭家老津軽親高は、これまで中道中立派であったが、若手家老杉山寅之助派潰しに失敗して後、杉山派の報復を恐れて、次席家老大道寺為秀と歩調を併せるようにしていた。

鳥越信之介がそうした事情を知ったのは、津軽に来てからのことだった。鳥越は御上と老中田沼意次の命を受けて、当地に入り、若手家老の杉山寅之助を訪ねるように指示を受けていた。鳥越信之介が杉山家に身を寄せるのは、将軍と老中田沼意次が、筆頭家老派や次席家老派に、いまも杉山家老を応援していることを示す行為であり、また杉山家老の身辺を護衛する意味もあった。

鳥越信之介が奥方の咲の前に正座し、庭を眺めながら、お茶を啜っていると、廊下に人の気配がした。

「あ、お殿様が御出でになられました」

奥方の咲は三つ指をつき、殿の杉山寅之助を迎えた。

鳥越信之介も座布団を外し、平伏して杉山を迎えた。

「苦しうない。奥も鳥越信之介も、堅苦しい作法はなしだ」

「はい。お殿様」

咲は顔を上げて微笑んだ。

「咲、そのお殿様もなんとかせぬか」

杉山寅之助は、床の間を背にどっかりと胡坐をかいて座った。手元に火鉢を引き寄せて、手をかざす。

「では、なんと申したら」

「いつも、お咲と余の二人だけの間では、寅之助さま、お咲と呼び合っているではないか」

奥方は袖で口元を隠して笑った。

「まあ。それは、ほかの方がいないからでございます。こちらには、鳥越信之介様がおられます。そのような場合……」

「構わぬ。信之介、おぬしも気にしないよな」

「いえ。気にします」

鳥越信之介は苦笑しながら答えた。

杉山寅之助は痩せて、まだ青白い顔をしている。肩を己れの手でとんとんと叩きながらいった。

「気にするな。肩が凝(こ)るぞ」

「はい。左様に申されても」

「鳥越信之介、余は、おぬしら若い者と同等でいたい。本当なら家老職も辞したいほどだ」

「畏れ多いことでござる」

奥方が茶を点(た)て、杉山寅之助の前に差し出した。杉山寅之助は気さくに茶碗に手を伸ばし、旨そうに茶を啜った。

「ところで、信之介、細作(さいさく)から鹿取寒九郎の消息が入った。寒九郎が秋田の大館城下に入ったところまでは知っておろうな」

「はい。存じております」

「寒九郎は、祖母の妙徳院に面会した。そこで、寒九郎は谺一刀流を復活させると告げたらしい。そして、祖母と直弟子の一人と、寺に籠もり、修行を始めたそうな」

「徦一刀流の修行でござろうか？」

「そうだ。それから、寒九郎には、女子の連れがおるのを知っているか？」

「いえ。知りませんでした。女子の連れがいるのですか？」

「うむ。それも、目鼻立ちがすっきりとした、めんこい女子だそうだ。うちのお咲にはかなわぬだろうがのう」

「あなた」

　奥方のお咲が杉山寅之助を睨んだ。

「それから、めんこいなどと、お殿様らしからぬお言葉です」

「お咲、そう堅いことをいうな。ぬしは、ほんにめんこいぞ」

　鳥越信之介は下を向き、笑いを堪えた。

　杉山寅之助が、夕方になるとお忍びで街に出掛け、居酒屋で庶民の声を聞いている、という噂を聞いたが、本当のことかも知れない、と鳥越信之介は思うのだった。若手の藩士たちに、杉山寅之助の人気や人望があるのは、こうした気さくさがあるからだろう、とも思った。

「その女子、アラハバキの安日皇子の娘とのことだ。名前はレラ姫。アラハバキ語で風の意味だから、さしずめ風姫ということかな」

「風姫でござるか」

「どうやら、寒九郎は、その風姫といい仲になっているらしい。風姫も寒九郎を深く慕っておるらしいのだ」

「ほう」

「どうやら、寒九郎は、その風姫を連れて、近々、白神山地に入るらしい。入って、谺一刀流の本格的な修行を行なうそうだ」

「と申されると、寒九郎は一冬を白神山地で過ごすつもりなのですな」

「一冬だけで済むかどうかは分からぬ。夏まで修行はかかるかも知れぬが、ともあれ、当分里には出て来ない。だから、おぬしも、当家で、寒九郎が出て来るまで、ゆっくりと逗留すればいい」

杉山寅之助は笑った。

「それがし、白神山地に参ろうか、と」

「よせ。白神山地は余所者にとっては地獄になる。土地の者には極楽のような世界らしいがのう。まあ、出て来るまで待つことだ。それに、老中殿の密命は、まだ出ていないのだろう?」

「はい。出ておりませぬ。ただ近くでひたすら待機せよ、という命です」

「では、待つだけだな」

杉山寅之助は茶を啜り上げ、空になった茶碗を咲に差し出した。咲は茶碗を受け取り、鳥越信之介を見た。

「はい。鳥越様も、もう一杯、いかがです？」

「かたじけない。それがしも、もう一杯所望させていただきます」

鳥越信之介も茶碗を差し出した。お咲が盆に茶碗を受けた。

「そういえば、信之介、次席家老の大道寺為秀の邸に、江戸からやって来た若い剣客が逗留を始めたそうだが、存じておるか？」

「いえ。知りませぬ」

「名前は江上剛介（えがみごうすけ）と申すそうだ」

「江上剛介なら、存じております」

「どのような剣を遣う？」

「鏡新明智流にございます。おそらく免許皆伝」

「ほう。で、腕前は？」

「将軍様も拝謁なさった奉納仕合いの優勝者です。寒九郎も江上剛介には勝てなかったと思いました」

「北辰一刀流皆伝のおぬしならどうか？」

「手強い相手だと思います」

お咲が盆に載せた茶碗を杉山寅之助の前に置き、もう一つの茶碗を鳥越信之介に差し出した。

鳥越信之介は頭を下げて、茶碗を受け取った。

杉山寅之助は茶を飲みながら、急に思い出したようにいった。

「そう、それから白神山地にいる、余の細作から、一人アラハバキ族の剣士が江戸から舞い戻ったといってきたが存じておるか？」

「いえ。知りませぬ」

「名前は、灘仁衛門。鹿島夢想流棒術の遣い手だそうだ」

鳥越信之介はお茶を啜りながら、考えた。

灘仁衛門？　どこかで聞いた覚えがある。

だが、すぐには思い出せそうになかった。

「細作によると、灘仁衛門も寒九郎を狙っているそうだ。やはり、江戸から派遣された刺客ということなのかも知れぬな」

「はあ」

鳥越信之介は考え込んだ。アラハバキの剣士となれば、白神山地は自分の庭のようなものだ。

もし、寒九郎が白神山地に修行のために入るとしたら、飛んで火に入る夏の虫、いや、冬の虫か。

おそらく、灘仁衛門なる男は、寒九郎がいずれ、祖父谺仙之助のように白神山地に入ると読んで、先に入ったのではなかろうか。

寒九郎は、まだ谺一刀流を身につけてはいまい。いま、灘仁衛門と対戦すれば、寒九郎は負ける。

とすれば、それがしも、白神山地に入り、それをなんとしても阻止せねばならない。まだ老中からは、その命は出ていないものの、己れが待機するのは、そのためだ。寒九郎を倒すのは、それがしだ。ほかの誰でもない。

「杉山寅之助様、それがしも、この冬、白神山地に入りとうございます。入って、その灘仁衛門と会わねばなりません」

「なに、おぬしが、白神山地に入る？　そして灘仁衛門と会う？　なぜだ？」

杉山寅之助は座り直して、鳥越信之介を見つめた。

第二章　白神に走る

一

山は紅葉が終わり、ブナもカエデもすっかり葉を落としている。尾根の斜面は、沈んだ茶褐色の木々に覆われていた。

寒九郎が秋田側から白神山地に入るのは二度目になる。今回も草間大介は、前回世話になった白神マタギの源太爺を訪ね、案内を頼んだ。

源太爺は寒九郎と久しぶりに再会しても、皺だらけの顔の表情も変えず「生きてたみてえだな」と、愛想もなくいっただけだった。

草間大介は源太爺とは古い付き合いで、そんな無愛想な源太爺に少しも驚かなかった。もし源太爺が愛想よかったら、軀がどこか不調か、年寄りによくある神経痛でも出た時だろうと笑った。

マタギは、山に生き山に死ぬ。老マタギは里にいるとただの年寄りだが、一歩山に入ると別人のように若返る。おそらくマタギは山の霊気を吸って若さを取り戻すのだ。

とりわけ、白神マタギは苛酷で厳しい白神山地の自然の中で生き抜くため、里の人間よりもはるかに軀も気も強い。不意に熊と出遭っても、マタギは臆することがない。山に入ったら、マタギほど頼りになる人間はいない。

源太爺は寒九郎たちを一わたり見回すと、レラ姫にふと目を止めたが、じっと見つめたあと、すぐに「よかんべ」とうなずいた。レラ姫がアラハバキ族の娘と分かった様子だった。

大曲兵衛と草間大介は大館城下の市場や店で、山籠りのための食糧や衣類などを買い込んで用意した。それらの荷は、三人の愛馬の楓や疾風、シロ、さらに購入した二頭の荷馬の背に振り分けて括りつけた。

白神山地への山道はきつい。四脚の馬でも登るのに難儀する箇所もある。そんな難所を人と馬が協力し合って、いくつも越えて行こうというのだ。

白神山地はまだ雪に閉ざされていない。源太爺によれば、今年は例年に比べて雪の降るのが遅れているという。

雪が降り積もらぬ、いまのうちに白神山地に入り、暗門(あんもん)の滝にあるアラハバキの隠し砦に辿り着き、越冬の備えをしようというのが、大曲兵衛の立てた計画だった。

隠し砦には、前に行ったことがある。砦には仙之助の直弟子南部嘉門がいる。そこで、阿吽(あうん)が揃い、寒九郎の修行が始まるのだ。

寒九郎は坂を登りながら、山の空気を胸一杯に吸い込んだ。下草や笹(ささ)の匂い、木々が息づく薫(かお)りがする。

いよいよ白神山地に入る道だ。

故郷の匂いだ。寒九郎は、白神山地で生まれ育った。白神は心の故郷だった。

白神山地に入る際には、カムイの許しを頂くために、呪文を唱え、九字(くじ)切りをしなければならない。

寒九郎は源太爺に止まるようにいった。

「これより、白神のカムイのお許しを乞う儀式を行なう」

みんな合掌(がっしょう)した。寒九郎は宙に塩を撒(ま)いた。ついで己れをはじめ、みんなの軀や馬の軀にも、塩を振りかけて身を清めた。

寒九郎は森に向かい、九つの字を唱えながら、手刀(しゅとう)で宙を四縦五横(しじゅうごおう)に切った。

「臨(りん)、兵(ぴょう)、闘(とう)、者(しゃ)、皆(かい)、陳(じん)、烈(れつ)、在(ざい)、前(ぜん)」

最後に手で印を結び、「喝ッ」と引導を渡して、カムイへの儀式は終わった。

寒九郎たちは前へ進んだ。やがて、先頭の源太爺が、

「あの山頂が目印だあ。もう少し行けば尾根に出っぺ」

と寒九郎たちに大声で怒鳴った。

寒九郎たちは、それぞれ自分の愛馬の手綱を引き、沢沿いのあるかないかの細い獣道を辿って登っていた。マタギ道だ。

やがて、マタギ道は急な斜面をジグザグに何度も折り返しながら坂を登り出した。背負子を背負った源太爺は一歩一歩足を踏みしめ、黙々と登って行く。

そのあとを草間大介が疾風の手綱を引いて続く。ついで寒九郎と楓、レラ姫とシロが続き、さらに最後尾の大曲兵衛が二頭の荷馬を引いて後を追う。

斜面の灌木の葉を落とした枝が風に震えた。北からの冷たい風が出て来たらしい。天空はまだ晴れていた。風が来ないところに来ると、太陽の暖かい陽射しが寒九郎たちに降り注ぐ。

早朝、まだ薄暗いうちに麓の藤里村を発ったころは、空は雲一つなく晴れ渡っていた。だが、昼を過ぎたころから次第に西から雲が空に拡がり出していた。

さっきまで汗ばむほどだったが、いまは寒風に吹かれ、軀は冷えはじめていた。

「大丈夫か？」

寒九郎は振り返り、シロを引くレラ姫の様子を見た。レラ姫は笑って答える。

「大丈夫、このくらい。夷島(えびすじま)の冬はもっと寒い」

寒九郎はうなずき返した。

牝馬(めす)の楓がぶるぶると鼻を鳴らす。すぐ前を行く牡馬(おす)の疾風が、長い首を回して楓を振り返る。楓がいなないた。

「まあ、わたしたちみたい」

レラ姫が朗らかに笑った。

最後尾の大曲兵衛も後ろからにこやかに見ていた。

だんだんと尾根に近付くにつれ、あたりの景色が変わってくる。見覚えのある岩山や沢の流れが目に入った。以前に通った道だった。

いくつの沢を渡り、いくつの尾根を越えただろう？　次第にあたりは、ブナ林やカエデの林が広がっていた。

やがて、見晴らしが利く尾根に立った。

「一休みすっぺ」

源太爺が背負子を下ろし、岩の上に腰かけた。腰からキセルを取り出した。

寒九郎たちも尾根の鞍部（あんぶ）に立った。

みんな無口になり、美しい眺望に見入っていた。前方に津軽富士の霊峰岩木山が望める。

岩木山の手前には、葉を落としたブナ林が見え、周囲にいくつもの峰々が聳（そそ）り立っている。

濃緑の針葉樹林がところどころにあるが、そう多くはない。

正面に青鹿岳（あおしかだけ）、斜め左にマタギたちがトッチャカと呼ぶ雁森岳（がんもりだけ）が見える。

以前、春に見た時には、緑一色に染まった景色だった。いまは寒々とした裸の木々が一面に拡がっている。青鹿岳の頂きを回り込み、さらに北へ行けば、横倉沢（よこくらさわ）に至り、その沢を下れば暗門川（あんもんがわ）に着く。暗門川を上流に遡（さかのぼ）れば、暗門の滝にぶつかる。

傍らのレラ姫が寒九郎の手を握った。

「寒九郎、私が生まれた夷島の山野は、白神山地よりも、もっと広く、森は深い。湖は輝くように美しい。聳（そび）え立つ山々は峻厳で、神々（こうごう）しく神聖だ。カムイの山々には、私たちアラハバキしか踏み入ることが出来ない。いつか、私の夷島に行こう。そして一緒に馬で草原を駆けよう」

「いいな。おぬしの夷島に行く」

「きっとだぞ」

「うむ、きっと行く」

寒九郎は白神山地の山々を眺めながら、夷島の山野を心に描いた。原野にレラ姫と一緒に愛馬楓を走らせる光景を思い描いた。

「さあ、参りましょう。日が暮れるまでには、砦に着きたい」

大曲兵衛がみんなを促した。

すでに源太爺も莨を喫い終わり、背負子を背にしていた。

それから小一時間、沢に下り、また沢を登って尾根を越えた。

いつしか、青鹿岳を通り過ぎ、またブナの原生林を抜けた。

歩きながら耳を澄ますと、沢から轟々と川の水が流れ落ちる音が響いてくる。どこかに滝があるのだ。

やがて、目の前に森の間から吹き出るような水流が岩場を流れ落ちる滝に出くわした。名前はなく、ただ源太爺たちマタギが大川の滝と呼んでいる場所だった。

「このあたりに熊が居っぺ。みんな、気い付けてくんろ。大声で話せば、熊は向こうからは来ねえがんな」

源太爺が行く手の木の上を指差し、大声で叫ぶようにいった。

「まだ食い足りねえ熊っこがうろついていっかもしんねえ」

熊は穴にもぐって冬眠する前に、腹一杯になるまで木の実を食べる。

草間が大声で答えた。

「ほんとだ。寒九郎様、あれは熊棚（だな）ですぞ」

源太爺が指差した先には、木の梢（こずえ）近くに、枝を折って敷き詰めた棚のような塊（かたまり）があった。

熊は木に登り、太い枝の上に周囲の小枝を折って座り心地のいい巣のような棚を造る。熊はそこに座って、周りの枝についたどんぐりや木の実を食べる。

寒九郎は懐かしんでいった。

「うむ。子どもの時に、あれに登って座ったことがあった。結構、しっかりした枝を組んだ座椅子のようだった」

「どうだった？　熊さんになった座り心地は？」

「悪かった。危うく落ちそうになった」

レラ姫は楽しそうに笑った。

「あ、あっちにもある」

レラ姫が嬉しそうな声を上げ、別の木の熊棚を指差した。

その木の根元を覆う隈笹(くまざさ)の中から、角(つの)を生やした羚羊がにょっきりと顔を出した。一頭だけではない。七、八頭はいる。

羚羊たちは寒九郎たちに気付くと、一斉に笹の密集した斜面を駆け下って行った。なかには今年の春に生まれた子どもの姿もあった。

「ここから下りっぺな」

源太爺が振り向き、手を上げ、笹の原に分け入った。羚羊が下った跡を追って行く。笹の原の中の道は見えず、分からない。

寒九郎はみんなに告げた。

「乗馬しよう」

寒九郎はみんなに告げた。ひらりと楓の鞍に飛び乗った。荷物は振り分けて鞍に括り付けてある。

レラ姫も草間大介も馬に跨(また)がった。大曲兵衛も荷馬の一頭の鞍によじ登り、もう一頭の手綱を引いた。

源太爺の背負子が隈笹の斜面を分けて、ずんずんと下りて行く。笹原の中に羚羊などが通る獣道があるらしい。寒九郎たちは馬で源太爺を追った。

どこからか、滝の落ちる轟きが聞こえた。

いつの間にか、あたりに霧が湧きはじめていた。風はない。霧は笹の斜面を這い上がって来る。

先頭の源太爺が大声で歌を唄い出した。マタギたちが唄う杣人（そまびと）の歌だ。奥深い山に踏み込んだ時、大声で唄い、互いの位置を伝え合う。濃い霧に巻かれても、どこに居るかが分かるようにしているのだ。

源太爺の先導に従い、草間大介、寒九郎、レラ姫、殿（しんがり）に大曲兵衛が続く。

霧の中、だいぶ下に降りたように思った。前方から川の流れの音が聞こえる。かなりの水量に思えた。

源太爺の歌が止まった。すぐ後ろについていた草間大介が馬を止めた。

「何かいる」

草間大介が大声で告げた。疾風がぶるぶると鼻を鳴らした。寒九郎の乗った楓が、さっと首を上げた。両耳を立て、緊張している。

「寒九郎、熊」

後ろのレラ姫が叫んだ。

「どこだ？」

寒九郎は楓の手綱を引き、後ろに向きを変えた。白い霧の中、レラ姫が左手の笹原を指していた。

「そこ」

寒九郎は鞍に付けた刀に手をやった。

笹の中から黒い獣の影が立ち上がった。黒い毛が見えた。

「こっちにも」

レラ姫は右手の笹原を指差した。そこにものっそりと熊の黒い影が立ち上がっていた。

楓がいななないて、駆け出しそうになった。寒九郎は楓の手綱を引き、必死に宥めた。

後ろのレラ姫の愛馬シロもいななき、後ろ肢立ちになった。

「寒九郎様！」

草間大介も疾風を御しながら、周りを見回した。刀を抜いていた。

寒九郎も大刀を抜いた。刀を下げ、熊の攻撃に備えた。

寒九郎たちの周囲の笹に何頭もの熊の影が立ち上がっていた。取り囲まれた？

突然、後ろから荷馬に乗った大曲兵衛がレラ姫の脇に進んで来た。大曲は大声で何事かを叫んだ。

「………」

アラハバキの言葉だった。レラ姫が大曲兵衛に何事かいい、シロを落ち着かせた。

「寒九郎、大丈夫だ。アラハバキの同胞だ。熊ではない」

「なに、熊にあらずだと」

見回すと、熊の毛皮を被った人間だった。手に手に短弓を持っている。

レラ姫はシロの手綱を引き、馬上に立ち上がった。大声でアラハバキの安日皇子の名前をいった。そして、安日皇子の娘レラと名乗った。

熊の毛皮を被った人影から、一斉にどよめきが起こった。人影たちは、頭に被った熊の毛皮を脱いだ。髯面の男たちの顔が現われた。口々に「レラ姫様」と叫んでいる。

寒九郎は源太爺の姿を探した。源太爺の姿だけがない。

「源太爺は？」

周りが騒がしくなった。レラ姫がアラハバキの言葉で、案内人のマタギ源太爺は、敵ではない、といった。

「寒九郎様、レラ姫様、お迎えに上がりましたぞ」

前方の霧から、数人の男たちの影が現われた。そのうちの一人は見覚えのある白髪の初老の男だった。大曲兵衛が喜びの声を上げ、馬から飛び降りた。

「おう、嘉門、迎えに来てくれたか」

南部は熊の毛皮でなく、温かそうな羚羊の毛皮を身にまとっていた。

「おう。兵衛、待っていたぞ」

南部嘉門と大曲兵衛は、抱き合うようにして互いの無事を祝し合った。

「妙徳院様がよろしういっておった」

「さようか。妙徳院様はお元気なのだな」

「うむ。妙徳院様自ら、寒九郎様に口伝の奥義を伝授なされるほどに」

「さようか。それはよかった」

南部は馬上の寒九郎を振り向いた。

寒九郎はするりと下馬した。草間大介も馬を下りた。

「寒九郎様、草間殿、お久しぶりでござる」

南部嘉門は相好を崩し、寒九郎を出迎え、抱擁した。南部は草間大介とも抱き合った。

南部はついでレラ姫の馬シロに歩み寄った。

「ようこそ、レラ姫様。よくぞ、お越しくださいましたな。本来なら村長もお迎えにあがるところですが、深い霧ゆえ、それがしが代理でお迎えにあがりました」

南部嘉門は馬上のレラ姫に深々と頭を下げた。シロは足踏みして、鼻を鳴らした。

「南部殿、大儀でした。出迎えを感謝いたします」

レラ姫はシロを宥めながら、南部に会釈を返した。シロは毛皮姿の男たちが獣ではなく人だと分かったのか、ようやく落ち着きを取り戻した。

寒九郎は頭を下げた。

「南部嘉門殿、お世話になります。わざわざ、お迎えいただき、かたじけない」

「なんのなんの。まずは、みなさん、ご無事なご様子に安堵いたしました」

大曲兵衛が訝(いぶか)しげに訊いた。

「嘉門、何かあったのか?」

「曲者(くせもの)たちが、おぬしたち一行を追っているという知らせが入ったのだ。万が一、こんな霧の中で襲われてはと、こうして馳せ参じたのだ」

「曲者たちだと? どこから付けていたと?」

「おぬしたちが藤里村を出た時から、ずっと付けていた。四人、あるいは五人の忍びだ」

「四、五人の忍びだと?」

「細作によれば、そやつらの身のこなしが、かなり山に慣れた忍びだそうだ。まるでオオカミのように、執拗におぬしたちを追っていたと」

「何者?」

大曲兵衛は首を傾げた。

「分からぬ。味方でないことだけは確かだ」

寒九郎はふと額(ひたい)に鈎手(かぎて)の刺青(いれずみ)をした刺客(しかく)たちではないか、と思った。父上を殺(あや)め、母上を死に追いやった、そして、祖父仙之助を毒矢で殺めた黒装束の刺客たち。きっと、彼らが追って来たのかも知れない。

いずれ、鈎手の刺青をした男とは、決着を付けねばならない。望むところだ。白神山地に来るなら来い。父上、母上、祖父上の仇(かたき)、必ず討つ。

寒九郎はあらためて復讐を誓った。

草間大介が問うた。

「ところで、われわれの先頭に、マタギの源太爺がおったのだが」

「でえ丈夫だす。殴られて、ちと気を失ってしまったけんど」

霧の中から源太爺の声が返った。

南部の後ろにマタギの源太爺の姿があった。源太爺は額の傷を手拭いで押さえていた。

「源太に気付かれたと思った村人が、声を立てさせまいと咄嗟(とっさ)に殴り倒してしまったのでござる。源太、済まなかったな」

傍らに立った若い村人が、源太爺に頭を下げて謝っていた。その村人は、源太爺の背負子を代わりに背負っていた。

「それでは、レラ姫様たち、そろそろ出立いたしましょう。日暮も近い」

南部嘉門はレラ姫や寒九郎たちにいった。

寒九郎も草間も、再び馬に飛び乗った。

あたりの霧はいくぶんか薄れていた。山からの風が吹きはじめたらしい。

熊の毛皮を着込んだ村人たちも、一斉に隈笹の中を歩き出した。それは、どう見ても、寒九郎には熊の群れに見えた。

二

寒九郎たち一行が暗門の二の滝の上の岩場に到着した時には、とっぷりと日が暮れ、あたりは闇に包まれていた。

だが、岩場の上では大きな焚火が炎を上げて、寒九郎たちを待ち受けていた。すでに連絡が入っていたらしく、大男の村長ウッカをはじめ、大勢の村人たちが一行を出迎えた。

寒九郎たちは馬を下り、冷えきった軀を焚火で温めた。焚火の炎に手をかざし、悴(かじか)んだ手をほぐした。

村人たちの中から、大柄な軀の村長ウッカが進み出て、レラ姫の前に跪(ひざまず)いて頭を下げた。

「ようこそ、御出でくださいました。レラ姫様、村を代表して歓迎いたします」

ウッカは大柄な軀を小さくし、レラ姫に恭(うやうや)しく歓迎の言葉を述べた。レラ姫はウッカに礼をいい、手を取って立つように促した。

ウッカは恐縮しながら、おずおずと立ち上がった。

大男のウッカは髯面を歪ませ、寒九郎を見下ろし、目を潤ませた。

「寒九郎様、よくぞご無事で。ご祖父の仙之助様が無念にも亡くなられたこと、風の便りに聞きました。本当に残念にございます。心からお悔やみを申し上げます」

寒九郎は礼をいった。ウッカは不意に寒九郎を太い腕で抱き寄せた。

「天なるイシカ様、地なるホノリ様、水なるガコ様、われらがアラハバキの子、寒九郎をお守りくださったことを、心から感謝いたします」

ウッカは寒九郎を抱きながら目を瞑り、カムイへ感謝の祈りを唱えた。

寒九郎はウッカの祈りが終わるまで、じっと待った。やがて、ウッカは寒九郎から腕を解いた。

「ありがとうございました」

寒九郎はウッカに礼をいった。ウッカの腕に抱擁されると、生れ故郷に戻ったという思いをしみじみと感じるのだった。

ウッカは草間大介や大曲兵衛にも、それぞれ歓迎の挨拶をした。

「では、レラ姫様、皆様、さぞお疲れのことでしょう。さっそく村にお越しいただき、おくつろぎください。山奥ですので何もなく、倹しいものですが、ささやかな山菜料理や温かい、けの汁の鍋をご用意してございます」

「ありがとうございます」

レラ姫はにこやかにいった。

寒九郎はほっとして草間大介と顔を見合わせた。けの汁と聞いて寒九郎は自然に生唾が口の中に湧いてくるのを覚えた。

けの汁は、ごぼう、大根などの野菜、ふきやわらび、ぜんまい、茸などの山菜、さらに凍み豆腐や油揚などを細かく切って鍋に入れ、味噌で味付けして、じっくりと煮込んだ汁だ。

幼いころ、寒くなると、母が、よく作ってくれた鍋料理だ。父と母と一緒に囲炉裏に下がったけの汁の鍋を囲み、鍋を突っつきながら、父と母は魚の骨酒(こつざけ)を飲んでいた。

寒九郎は、母にけの汁を白いご飯にかけてもらって食べたものだった。

ウッカたちの村は暗門の滝から、さらに沢を遡った妙師崎沢(みのしざきさわ)沿いの高倉森(たかくらもり)の山麓にある。以前、寒九郎と草間大介も一度世話になった村だ。

寒九郎たちはウッカや大勢の村人たちとともに沢を遡り、高倉森の集落に入った。

村の入り口では、ウッカの美しい妻ミナや女たちと大勢の子どもたちが焚火を焚いて、寒九郎たちを待っていた。

ウッカは寒九郎たちを見回しながらいった。

「ひとまず、姫も寒九郎様たちも、荷物は我が家に置いて、まずは湯に浸かり、汗と疲れを流してくだされ。馬たちの世話は、わしらがいたしますゆえ」

「湯ですと?」

寒九郎は聞き返した。

「温泉があるんですか?」

レラ姫は喜んだ。

寒九郎も草間大介と顔を見合わせた。

大館城下を出てから、この数日、軀を洗っていない。山の中を馬に乗ったり、歩き回ったので、躯がだいぶ汚れている。疲れも溜まっていた。

村長のウッカがいった。

「実は村の裏の岩場に温泉が湧くんです。それゆえ、わしらはここに村を移したのです」

ミナが笑いながらうなずいた。

「村の衆が力を合わせて、湯の川を堰き止め、温泉を造ったのです。大きな岩風呂なので、姫様も皆様もきっと温泉に浸かってくつろげますよ」

「わしらが入っていても、熊やカモシカ親子も湯に浸かりに来ますからな。大きな温泉でござる」

ウッカが笑った。

「熊も？」

「さよう。それで、村の衆は熊の湯と呼んでいる」

「寒九郎、さっそく、みんなで入ろう」

レラ姫が嬉しそうにいった。

「しかし……」

寒九郎は草間大介と顔を見合わせた。

「なにをもじもじしているの。二人とも、私と一緒に入るのが恥ずかしいというの？」

「そういうことでは……」

レラ姫は寒九郎の腕を引いた。

「私なら平気よ。さあさ、草間も行こう」

「は、はい」

草間は照れた様子で頭を掻いた。

ミナが笑いながらいった。

「大曲兵衛様もご一緒なさるといいですよ。岩風呂は暗いので、よく見えません。女が裸になって入っても平気です。もしかして、熊さんたちが先に浸かっているかも知れませんが」

「熊が襲って来るようなことは……」

「ありません。熊ものんびり温泉を楽しんでいるので」

ウッカがいった。

「では、わしが案内しましょうぞ。お湯から上がったら、我が家で歓迎の夕食が待っておりますゆえ。ミナ、夕餉の支度をしておいてくれ」

「はい」

ミナはうなずいた。

「さあ、みんなで熊の湯に行こう。熊が入っていたらおもしろいではないか」

レラ姫は寒九郎の腕をぐいっと引いた。

寒九郎はレラ姫に引かれるようにして、ウッカのあとについて歩いた。

熊の湯は村のすぐ裏手の渓流にあった。渓流を、岩石や丸太で築いた堤が堰き止めている。その川底から温泉が湧き出ているようだ。

熊の湯は月や星の明かりもないので、真っ暗だった。熊が浸かっていても分からない。わずかにウッカが持った松明(たいまつ)の光があたりを照らしているだけだった。

湯気が濛々(もうもう)と立ち、湯の中は朧(おぼろ)にしか見えない。湯の中から突き出している岩が、熊や人の影に見える。湧き出る湯は豊富で、岩石や丸太で造った堰から溢れ出ている。岩や丸太が濡れて光沢を放っていた。

風はほとんどなく、あたりの木々は静まり返っていた。

「この様子だと、そろそろ雪が降りますな」

ウッカは呟くようにいい、松明を岩と岩の間に挟んで立てた。

「では、姫様、みなの衆、ごゆるりと。わしは下で見張っておりますゆえ」

「ありがとう。ウッカ」

レラ姫は、そういうと松明の火が照らさぬ岩陰に入り、するすると帯を解いた。

寒九郎は、草間、大曲兵衛と顔を見合わせたが、すぐに裁着袴や着物を脱ぎ、帯を解いて裸になった。

しんしんと空気が冷えている。やがて、ぽちゃんと水音がし、レラ姫の声が聞こえた。

「熱いッ」

レラ姫は笑った。

「でも、気持ちいい。寒九郎、早く入って来い」

「いま、入る」

寒九郎は全裸になって、熊の湯に足先を入れた。確かに熱い、熱すぎる。

「寒九郎、こっちだ」

濛々とした湯気の中に、レラ姫の裸身の影が朧に見えた。だが、暗いので、はっきりとは見えない。

「ほんとだ。いい湯加減だ」

寒九郎は熱い湯に首まで浸かった。

「入りますぞ」

「御免」

草間と大曲兵衛が、おずおずと湯に入り、寒九郎の傍にやって来た。

岩湯は腰のあたりまであり深い。ゆっくり湯に浸かっていると、軀が温まり、昼間の疲れが抜けて行く。

レラ姫は湯の中で髪をほどき、髪を洗いはじめた。

寒九郎たちも湯の中で軀の隅々まで洗った。汗や埃まみれになった全身を湯で洗い流す。

「誰じゃ」

湯気の中でレラ姫の鋭い声がした。

「レラ、いかがいたした?」

「誰かいる」

水音が立った。レラ姫の裸身が湯煙を分け、寒九郎たちの前に現われ、すぐに湯に浸かった。一瞬だが、レラ姫の豊かな胸と丸みを帯びた裸体が見えた。

「どこに?」

「あの暗がりで何かが動いた」

レラ姫が岩風呂の奥を指差した。

「たしかに」

草間も指差した。

「もしや」

大曲兵衛が湯の底から石を拾い上げ、暗闇に放った。石が岩に当たる音が響いた。

闇の中に目が光った。それも、いくつも光る目があった。

獣だ。寒九郎は脱いだ着物に目をやった。刀は置いて来た。得物(えもの)は石しかない。

「オオカミでござる」

大曲兵衛がいった。

レラ姫が首まで湯に浸かりながら、笑い声を立てた。

「なに、熊だけでなく、オオカミも湯に入りに来るのか」

寒九郎は夜陰に潜む狼たちの気配を窺った。

光る目は、暗闇にいくつも動いていた。少なくとも、七、八頭はいる。

レラ姫が寒九郎の傍に寄った。湯の中で、レラ姫の手が伸び、そっと寒九郎の手を握った。

「寒九郎」

「大丈夫、それがしが、おぬしを守る」

草間も大曲兵衛も湯の中で石を拾い、狼たちの襲撃に備えた。

「姫さま、いかがなさった？」

後ろでウッカの声が上がった。寒九郎が怒鳴るようにいった。

「村長、オオカミの群れが……」

「大丈夫でござる。オオカミたちは襲って来ません。美しい姫が湯に入ったので、きっと覗きに参ったのでござろう。不埒（ふらち）なやつらめ」

ウッカは大声で笑った。

狼たちはウッカの出現に驚いたのか、奥から引き揚げはじめた。暗闇に光っていた目が、つぎつぎに消えて行く。やがて最後に残った一対の目もふっとかき消えるように闇の中に消えた。

「さあ、そろそろ、お上がりくだされい。家内が着替えの浴衣（ゆかた）を持って来ました。ここに手拭いと一緒に置いておきます。夕餉の用意が出来ておりますぞ」

ウッカは大声で告げ、また暗がりに姿を消した。

「寒九郎、上がります。お腹が空いた」

レラ姫は湯煙の中ですっくと立った。レラ姫は湯から上がり、手拭いで裸身を拭い、素早く浴衣を肩にかけた。

寒九郎たちも湯から上がった。軀はぽかぽかに温まっている。レラ姫がいうように、お腹の虫が騒いでいた。急いで浴衣をまとった。

レラ姫は浴衣を着込み、松明の前で、長い髪を櫛(くし)で梳(す)いていた。松明の明かりにレラ姫の影がゆらゆらと揺らめいた。寒九郎は髪を梳くレラ姫の艶(つや)やかな姿に見とれていた。

「寒九郎様、われらは先に参りますぞ」

大曲兵衛と草間は連れ立ち、岩場を下りて行った。

三

十二(じゅうに)湖の森は、夜の静寂に包まれていた。

何か獣か鳥の鳴き声が聞こえた。それも一声だけで、元の静けさに戻った。

灘仁衛門は、囲炉裏の焚火の炎の中に、斧(おの)で割った薪(まき)を一本くべた。ぱちぱちと音を立てて火花が飛び散った。

灯明皿(とうみょうざら)に灯(とも)った小さな炎がかすかに揺れた。

囲炉裏の火の上には鈎(かぎ)に吊した鍋が架かっていた。鍋の蓋(ふた)の隙間から湯気が立っていた。

灘仁衛門は悲しかった。生き延びた己れの運命を呪った。

祖母と両親が何者かたちに焼き討ちされた。祖母と両親は殺され、二人の兄と妹も殺されたか、あるいは逃げて行方知れずになった。

幼名捨丸(すてまる)こと仁衛門はまだ十二歳だった。いまからざっと十八年、いやもう十九年も前になる。

家族の中で己れは裏の洞穴に隠れていたので、やつらに見つからず生き残った。

なぜ、あの時、みんなと一緒に戦って死ななかったのだろう？

あの時、私は病に伏せ、熱に冒(おか)されて、軀が思うように動かなかった。危険が迫ると、捨丸は、家の裏手の岩陰の穴蔵に移された。穴蔵の中は真っ暗で静まり返っていた。熱にうなされていたので、母がやって来たのも知らずにいた。

母はそんな私を揺り起こしていった。

「いいこと、捨丸、あなたは、ここに隠れているのよ。何があっても声を出さず、誰が呼んでも、私かお父様が呼ばない限り、出て来てはだめ。いい子ね。私の大事な大事な星の子。ごめんね、こんな目に遭(あ)わせて。たとえ一人になっても、しっかり生きて行くのよ。いい子だから、私のいうことを守って。私の愛しい星の子、捨丸」

母は、そういいながら、私をしっかりと胸に抱き締めてくれた。母の胸からは、少し甘酸っぱい汗の匂いがした。母の匂いは、いまも忘れないでいる。

私は星の子か？　なぜ、母は私のことを星の子といったのだろうか？

いまもって分からない。

灯明台の小さな明かりの下で、仁衛門は刀子を抜き、削りかけの幹の木片に刃を立てた。少しずつ幹の木を削り、仏像の形が浮き出している。仁衛門の目には木の幹に閉じ込められている観世音菩薩の姿が見えた。刀子で菩薩を木の中から解き放つのだ。

囲炉裏の火が勢いよく燃え、炎が部屋の中を明るくした。仁衛門は目を凝らし、炎に照らされた幹の木片を刀子で削った。

木戸ががらりと開いた。戸口から、お櫃を抱えた香奈が入って来た。

灯明台の明かりが揺らめいた。それと一緒に香奈の影が壁に大きく拡がった。

「仁衛門様、夕餉のご用意が出来ました」

「ありがとう」

香奈は土間に履物を脱ぎ、筵を敷いた板の間に上がった。抱えていたお櫃を仁衛門の向かい側に置いた。囲炉裏の前に座り、火にかかった鍋の蓋を手で摘んで持ち上げた。

仁衛門は香奈の仕草をじっと眺めた。香奈は十八歳と聞いた。もう大人の娘だ。器量よしなので、嫁にほしい、と引く手数多(あまた)だが、香奈はまだ嫁に行く気はない、という。気丈な香奈の顔は、どこか母の面影を思い出させた。母も若いころ、香奈のような娘だったのだろうか。

「けの汁、ほんにいい具合に出来上がっていますよ」

「済まぬな。居候(いそうろう)のそれがしのために、いろいろ世話をしていただき恐縮いたしております」

「何をおっしゃいます。昔、父や母が、村長だったお父様のナダ様にたいへんお世話になったとお聞きしています。娘の私が恩返しをしなかったら、バチがあたりましょう」

香奈は、漆塗(うるしぬ)りの椀に、けの汁を木の柄杓(ひしゃく)で掬(すく)って入れた。

その汁を炊きたてのご飯にかけて食べる。昔からのツガルの郷土料理だった。

「はい。どうぞ召し上がれ」

香奈は、けの汁が湯気を立てる椀を仁衛門に差し出した。美味(うま)そうな匂いが部屋いっぱいに拡がっていく。

香奈はどんぶりに、杓文字でお櫃のご飯をたっぷりと入れた。

「かたじけない」

仁衛門は両手を合わせ、神様に祈ってから、おもむろにどんぶりを受け取った。

「仁衛門様は、私たちと同じアラハバキなのでしょう？　お祈りするのは、アラハバキのカムイなのでしょ？」

「さよう」

仁衛門はうなずいた。

「でも、変です。小刀でお彫りになっておられるのは菩薩様なのでしょう？」

「うむ。そうだな」

「それに灘仁衛門というお名前もヤマト人のようです」

仁衛門は、香奈の素朴な問いに頰を緩めた。

「たしかに、そうでござるな。アラハバキの血族なのに、ヤマトの仏様も崇め、ヤマト言葉を話しているのだものな」

仁衛門という名は、大恩あるご隠居様から付けられた名だった。

捨丸は穴蔵に隠れていて、家が焼き討ちされ、祖母両親が殺されたのも見ていない。母から呼ばれるまで、何があっても穴蔵から出てはいけない、という言い付けを守っていたのだが、まさか、外で、惨劇が行なわれているとは思いもよらなかった。いや、正確にいえば、誰かに襲われているとは知っていた。実は穴蔵の出入口から大勢の男たちに家が焼き討ちされるのを垣間見ていたのだ。だが、それ以上は恐ろしくて見ていられなかった。穴蔵の奥に引き返し、藁の山の中に潜り込んで、泣きながら耳を両手で塞いでいた。

その時、たしかに泣き叫ぶ悲鳴が聞こえた。それは紛れもなく、母や祖母、兄弟や妹の声だった。

しばらくして、それらの悲鳴も聞こえなくなり、男たちの怒声や騒ぐ声も止んだ。でも、捨丸は穴蔵から出て行かなかった。高熱が出ていて、軀が燃えるように熱く、手足も動かず、外に出て行けなかったのだ。

捨丸は、きっとそのまま自分も死ぬのだ、と思った。夜が明け、また夜になった。どうしても、喉が渇き、堪らなくなった。母や兄弟妹の名を呼びながら、捨丸は穴蔵から這い出した。

家は焼け落ちていた。村の家々も、ほとんどが焼け落ち、黒々とした骨組みだけになっていた。焼け跡に、人が焼ける臭いが立ち籠めていた。

捨丸は必死に這い、近くの湖の岸辺に辿り着いた。そこで湖の水を口にして、また気を失った。

　気付いた時、捨丸の顔を覗き込んでいたのは、塗一文字笠を被ったサムライだった。サムライは村が焼き討ちされたと聞き、駆け付けた幕府の役人だった。役人の名は、大道寺次郎佐衛門といい、大道寺家は関ケ原の戦い以来の直参旗本だった。大道寺次郎佐衛門自身、永らく将軍様の警護役を務めていたが、高齢となり隠居した。だが歴代の将軍が大道寺次郎佐衛門を相談役として身近に置いた。大道寺自身も、天下の御意見番を任じ、陰に日向に将軍に仕えていた。

　大道寺次郎佐衛門は、隠居の身ながら、幕府公儀見廻り役を名乗って諸国を行脚し、見聞きしたことを将軍に伝えていた。そんな折に、たまたま大道寺は津軽を訪れていて、捨丸の一族が討たれる惨劇の地を巡っていたのだった。

　大道寺家は源氏の血統で、先祖は代々武蔵国に住んでいたが、津軽の地にも縁戚の大道寺家がおり、津軽藩の重職を担っていた。次席家老の大道寺為秀である。

　しかし、時代が変わり、将軍様も代わって、側用人の田沼意次が将軍様に重用されるようになると、大道寺は疎まれるようになった。

　大道寺次郎佐衛門は、これを引き際として、江戸郊外に拝領した屋敷に隠居した。大道寺は若くして病で妻を亡くした。子どももいなかったので、養子を得て、大道寺家の家督を継がせた。

大道寺は天涯孤独になった捨丸を引き取って江戸に連れて行き、我が子のように可愛がった。

親の苗字灘を名乗らせ、元服式の時に仁衛門と名付けた。大道寺は仁衛門を旗本の子弟が通う私塾に通わせ、昌平坂学問所を目指させようとしたが、仁衛門は学問が身に合わず、鹿島夢想流道場に通い、剣術や棒術を習って、めきめきと腕を上げた。

そのころ、隠居した大道寺から、仁衛門は己れの軀にアラハバキの血が流れているのを教えられ、あらためて祖母や両親、家族が焼き討ちされたことを思い出したのだ。

あの惨劇は、何だったのか？

いまも夢の中に、母や父、兄弟妹の顔とともに、阿鼻叫喚の光景が現われる。

「仁衛門様、仁衛門様」

香奈の声が、夢想に浸っていた仁衛門を現実に引き戻した。はっと我に返ると香奈の顔が目の前にあった。

「仁衛門様、いかがなされました？」

仁衛門は、けの汁の椀を手にしたまま、物思いに耽っていたのに気付いた。

「それがし、居眠りをしておったか」

「はい。だいぶお疲れのご様子ですね」

香奈は心配そうに仁衛門を労った。

昼間、まもなく訪れる冬に備えて、斧を振るい大量の薪を作った。それほどの労ではなかったのだが、一日重い斧を振るっていたのが堪えたのかも知れない。

「恥ずかしい。あれしきの力仕事で、食事中にうとうとしてしまうとは」

仁衛門は苦笑いした。だが心では、眠っていたわけではない、と呟いていた。物思いに耽り、食べるのを止めていただけだ。

香奈は小首を傾げていった。

「仁衛門様のお家は、この鏡湖の近くにあったそうですね？　お父様から聞きました」

「そうか」

「仁衛門様の身の上話もお聞きしました」

「…………」

「家族を失い、一人ぼっちの御身だとも。お可哀相に」

香奈は声を詰まらせた。

仁衛門は黙って椀の汁を啜った。

ナダ村は仁衛門の父ナダを村長にしての十数戸ほどの小さな集落だったが、鏡湖の湖岸にあった。村の真ん中を小川が流れて湖に注ぎ込んでいた。

湖といっても鏡湖は、池か沼のような小さな湖で、鬱蒼（うっそう）としたブナ林に囲まれ、鏡のように湖面が滑（なめ）らかだったので鏡湖という名がついた。陽光が射し込むと鏡のように反射して光る。

春には湖畔に黄、赤、白、紫の色とりどりの花が咲き乱れ、蝶々（ちょうちょう）が舞う。夏の夜には小さな蛍（ほたる）が湖面を乱舞する。秋には、ブナやカエデが紅葉して、湖面を赤や黄色に染める。冬は冬で鏡湖は降りしきる雪の中でひっそりと身をひそめているが、ひとたび晴れ上がれば、青空を湖面いっぱいに映して青一色に染める。

仁衛門は、そんな四季豊かな鏡湖の岸辺に生まれ育った。いまも、鏡湖の湖畔は昔と変わらない。ただ、昔あったナダ村は十九年の年月のうちに、ブナやカエデ、ミズナラや灌木、草木に覆われ、いまは偲（しの）ぶ跡もなく消えている。

唯一、近くの岩山の岩陰にある穴蔵だけが、昔のままだった。いまは穴の周囲は苔（こけ）生（む）し、鬱蒼と草が生えており、昔、捨丸だった仁衛門が隠れていたなどという話は誰も知らなかった。だが、いまも村の子どもたちが、穴蔵を密かな隠れ家として、大人たちに内緒で遊んでいるのが、仁衛門にとっては救いだった。

「仁衛門様」

香奈の声が聞こえ、仁衛門は気を取り直して、けの汁を啜った。

「仁衛門様、また物思いに耽(ふけ)っておられたのですね」

香奈は優しく笑った。

「昔の子ども時代を思い出してな」

仁衛門はどんぶり飯に、椀のけの汁をかけた。

「それでは足りないでしょう。お注ぎします」

香奈は、そっと仁衛門の手からどんぶりを受け取った。柄杓で鍋から、けの汁をたっぷりと掬い、どんぶりの飯にかけた。

仁衛門は、思わず香奈の優しい姿に、母の姿を思い重ね、見とれていた。灯明の光が揺らめき、香奈の顔や軀に濃い陰影を造っている。観世音菩薩様だ、と仁衛門は心の中で思った。そうだ、この香奈の顔や姿を、なんとか木彫りしたい。

「仁衛門様、そんなにお見つめになられると、羞(はず)かしいです」

「あ、済まぬ」

香奈の声に仁衛門は我に返り、けの汁をかけたどんぶり飯を、急いで箸でかき込み、口に頬張った。味噌で煮込んだごぼうや大根、凍(し)み豆腐の懐かしい味が口の中いっぱいに拡がった。子どものころ、母がよく作ってくれた、けの汁の味だ。

「仁衛門様は、なぜ、奥様を娶らないのですか?」

香奈は屈託なく仁衛門に尋ねた。

「嫁の来てがないのだ」

「どうしてです?」

「縁がなかったのだろう」

仁衛門は静かに汁を啜った。

ご隠居様から、しきりに見合いをさせられた。何人もの美しい娘に会ったが、己れにはもったいないと、いつも辞退し、婉曲に断って来た。

ご隠居は、なぜ、嫁をもらわぬのだと、何度も仁衛門を責めたが、仁衛門は頑なに辞して来た。

正直にいえば、ナダ家の中で一人生き残った己れだけが幸せになるのが、自分自身で許せなかった。いつか、必ず殺されたナダ一族の仇を捜し出して討つ。討って己れも死ぬ。そんな己れが嫁を娶れば、相手を不幸にするばかりではないか。

「もし、ご縁が出来たら、どうなさいます?」

香奈が灯明の明かりの中で微笑んだ。眸がきらきらと輝いていた。

仁衛門は思わず香奈の眸を見返した。

恋をしている目だ。それも、それがしに。

仁衛門と香奈は、しばらく、じっと互いの目を見合った。香奈の眸に灯明の光が映って揺らめいていた。

仁衛門はどんぶりを囲炉裏端に置いた。

「おぬしは、まだ若い。婿になる男はたくさんおる」

「わたしは、仁衛門様に不思議なご縁を感じます」

仁衛門は腕組みをした。

「おぬしを不幸にしたくない」

「構いません。いまが幸せならば」

「それがしは近く、果たし合いで死ぬ運命にある」

「ならば、なおのこと、すぐにも、わたしを妻にしてください。お願いいたします」

香奈は両手の指を筵について、長い黒髪の頭を下げた。

「香奈殿、ありがとう。だが、それがしは……」

仁衛門がいいかけた時、木戸ががたごとと音を立て、がらりと板戸が開かれた。香奈は仁衛門の前から、すっと離れた。

「仁衛門殿、飯は終わったかな」

香奈の父親加平（かへい）の髯面が覗いた。

「ああ、村長様。どうぞ中へ、どうぞ」

加平は村長でもある。仁衛門は、座り直した。

「お父様、まだでございますよ」

「それは、ちょうどいい」

加平は板戸を閉め、どかどかと中に入って来た。徳利を突き出した。

「仁衛門殿、美味い濁酒（にごりざけ）を持って参った。飲みながら、ちと話をしようと思うてな」

「酒ですか。いいですな」

香奈は囲炉裏端の仁衛門の席の隣に藁座布団を敷いた。加平は、その席にどっかりと腰を下ろした。

「香奈、杯（さかずき）、いや湯呑みを用意しなさい」

「はい。ただいま」

香奈はいそいそと立ち、台所の戸棚から湯呑み茶碗を出して来た。

「香奈、おぬしと仁衛門殿の様子を見ていると、まるで祝言（しゅうげん）を挙げたばかりの夫婦のようだな」

「まあ、お父様ったら」

香奈は顔を赤らめ、湯呑み茶碗を、加平と仁衛門の前に置いた。

「まあ、一杯」

加平は徳利の栓を抜き、仁衛門の湯呑みにどくどくと白濁した酒を注いだ。ついで、自分の湯呑みにも注ぐ。

「まずはアラハバキカムイに捧げて」

二人は湯呑みを宙に掲げ、神に感謝の祈りを捧げた。そして、二人はぐいっと濁酒をあおるように飲み干した。

二人の間に座った香奈が徳利を持ち、加平と仁衛門の湯呑み茶碗に酒を注いだ。

「話というのは、鹿取寒九郎の一行が、東の暗門の村に入ったそうだ。いま知らせが入った」

「そうでござるか」

仁衛門は湯呑みの濁酒を口に含みながら、とうとう来たか、と心の中で思った。

「安日皇子様の娘レラ姫様もご一緒だとのことだ」

「レラ姫様も？」

仁衛門は加平の顔を見た。

「うむ。寒九郎は、レラ姫様の婿になるらしい」

「さようでござるか」

「仁衛門殿、それでも、おぬしは……」

仁衛門は目を瞑り、頭を上下に振って頷いた。

「お父様、いったい、何のお話なの？」

香奈が、不穏(ふおん)な気配を察知し、目を吊り上げて、加平に詰め寄った。

「香奈、おぬしには関係のない話だ。男と男の話に口を挟むでない」

「いやです。聞かせてください」

「香奈殿、聞かないでくれ」

香奈は仁衛門に目をやり、すぐに加平に向き直った。

「お父様、わたし、仁衛門様と夫婦になる約束をしました」

「なに、本当か。それはめでたい」

加平は喜んだ。

仁衛門は香奈を見つめた。

「香奈殿、なにを突然に……」

香奈は仁衛門の膝の手を握った。

「仁衛門様、あなた様とわたしは、この地で結ばれるご縁があったのです。アラハバキカムイ様が、そういうご縁を用意してくださった。だから、ここでこうして巡り逢えたのです」

「しかし」仁衛門は戸惑った。

「仁衛門様、わたしはあなた様をお慕い申し上げています」

「香奈殿」仁衛門は言葉に詰まった。

「仁衛門様は、わたしをお嫌いですか？」

香奈は必死の形相で、仁衛門を見つめた。仁衛門はたじたじとなった。

「嫌いではない。むしろ、好ましく思っている」

「仁衛門様、うれしうございます」

香奈は膝でにじり寄り、仁衛門の両手をぎゅっと握り、自分の胸にあてた。

「わたし、こんなに胸がときめいています」

「これはめでたい」

加平が大口を開いて笑った。

「酒だ、酒だ。祝い酒だ」

加平は徳利を持ち上げ、仁衛門の湯呑みと自分の湯呑みになみなみと濁酒を注いだ。

「しかし、加平殿、それがしは」

「分かっている。何もいうな。すべては、アラハバキカムイ様のお導きだ」

加平は目の涙を着物の袖で拭い、大声で笑った。

「お父様」

「めでたい。香奈、すぐに母さんを呼べ。兄さん、妹もだ。めでたい話を村中に知らせるんだ」

「はい、お父様」

香奈は慌てて土間に下り、履物をつっかけて、木戸を開けて、外に出て行った。

「加平殿、それがし、香奈殿を幸せには出来ませぬ」

「これは定めだ。これが神様から与えられた運命なら、素直に受け入れなさい。まだ、おぬしが死ぬと決まったわけではない」

加平は涙目で仁衛門を睨んだ。

「寒九郎は、暗門の滝の地で、谺一刀流の修行をするそうだ。修行は春までかかろう。もしかしたら、夏までかかるやも知れない。それまで、まだ時間がある。おぬしは、香奈と大事な時間を過ごしなさい。そして可愛い子種を残すのだ。よいな」

加平は袖で涙を拭った。

木戸が開き、母親美空（みそら）の顔が覗いた。ついで、香奈によく似た妹、兄たちが顔を出した。

「おう、母さん、喜べ。我らの新しい息子だ。みんな、入れ。仁衛門に喜びを申し上げろ」

加平は上機嫌な声を張り上げ、しきりに目から溢れる涙を拭っていた。香奈の兄が、加平に何事かを話している。

母親の美空は入って来るなり、部屋に上がり、仁衛門の前に膝行した。

「仁衛門様、本当に娘を嫁に迎えてくださるのか」

「はい。それがしから、お願いいたします。ぜひ、香奈殿をいただきたい」

仁衛門は加平と母親美空にあらためて両手をついて頭を下げた。傍らで香奈が仁衛門に身を寄せ、幸せそうに笑った。香奈の妹が仁衛門に恐る恐る近寄り、仁衛門の軀に触った。

短くとも生きている間は、きっと香奈を幸せにする。仁衛門は心に深く誓うのだった。

四

葉を落とし裸になった木々が風に吹かれて、さわさわと音を立てている。まるで、寒九郎が戻ったことを喜んで騒いでいるかのように。あるいは未熟な寒九郎を嘲笑うがごとくに。

寒九郎は暗門一の滝の前に立った。その場所は、やや広い岩場になっている。

暗門一の滝は、轟々と音を立てて、一気に落ちている。水飛沫が霧となって立ち昇っている。

岩の上から滝壺までの落差、およそ十四丈（約42メートル）。白く飛沫を立てて落ちた滝は豪快に下の岩場を刳って滝壺を作り、さらに流れて、二の滝およそ十二丈（約37メートル）を落ちる。最後に、三の滝およそ八丈六尺（約26メートル）となって岩場を流れ落ちる。

水飛沫の霧は冷たく、一瞬にして汗をかいた軀を冷やした。分厚い稽古着を着ていても、冷気は刺すように軀を貫く。霧の物の怪が寒九郎に忍び寄る。

「ええいッ」

寒九郎は身震いして、寒さを撥ね除けた。木刀を振るって四方の物の怪を打ち払い、残心に入った。

一の滝の上から、岩壁を猿か羚羊のように跳び下りて来る黒装束と白装束の人影があった。ふたつの人影は、寒九郎の前に跳び降りて立った。

阿吽こと大曲兵衛と南部嘉門だった。

「準備は整いましたかな」白装束の大曲兵衛が問うた。

「はい。ほどほどに軀が温まりました」

「では、これより、谺仙之助先生から授けられた谺一刀流の剣技、表裏十八段を寒九郎殿に伝授いたします」黒装束の南部嘉門が告げた。

「大曲兵衛様、南部嘉門様、これからは、あなたたちが剣技の導師だ。それがしは弟子でござる。ぜひとも寒九郎と呼び捨てにしてください。お願いいたします」

阿吽は顔を見合わせ、うなずいた。

南部嘉門が宣するようにいった。

「よかろう。寒九郎。では、まず表十段を一段ずつ、おぬしに伝授いたす。よいな」

「はい。お願いいたします」

「谺一刀流の基本は体術にある。それも、いついかなる場でも、軀を使える鍛練をする」

「はいッ」

南部嘉門は大曲兵衛に目配せした。

「寒九郎、大曲兵衛の動き、手足を使っての登り方を、しっかり目に焼き付けろ」

「はい」

白装束姿の大曲兵衛は、いきなり、近くの岩に飛び乗り、岩壁をするすると登りはじめた。岩壁の岩の出っ張りや窪み、草や灌木を摑み、足掛かりにして、猿のように駆け登る。

寒九郎は呆気に取られて、白装束姿の大曲兵衛が一の滝の脇を登って行く様子を眺めていた。

一の滝の上に上がった大曲兵衛は、岸壁の上から手を振った。

「第一段、跳び猿だ。寒九郎、大曲兵衛の技、よく見たか」

「はい」

とはいったものの、上の方での動きは分からない。

南部嘉門は命じた。

「よし。ならば、おぬしも登ってみよ」

「しからば」

寒九郎は木刀を投げ捨て、大曲兵衛が最初に飛び乗った岩の上に立った。そこから、大曲兵衛が手掛かり足掛かりとした出っ張りや窪みを思い出しながら、登りはじめた。

「急ぐな。はじめはゆっくりといけ」

「はいッ」

寒九郎は、すぐに登る手掛かりがなくなり、一丈（約3メートル）ほど登ったところで止まった。手を伸ばしても、次の出っ張りに手が届かない。

「足だ。足掛かりを使って、出っ張りを摑め」

「はいッ」

寒九郎は下を見て、足掛かりを探す。

「寒九郎、下は見るな。登る時に、すべて足掛かりになる岩や窪み、草木の位置を覚えておくのだ」

「はいッ」

寒九郎は足掛かりを足先で探った。足の指が岩角を探り当てた。

しめた、と思い、足先で踏ん張った。途端に足先がつるりと滑り、寒九郎はそのまま下に落ちた。途中、岩の出っ張りを摑もうとしたが、むなしく岩場に落ちて転がった。

強(したた)かに腰を打った。

寒九郎は立ち上がり、腰を擦(さす)った。

白装束が脇にすとんと跳び下りて、手をついた。

「いまは一丈ほどだったからまだよかったが、もっと上で、足を滑らせたら、命がないぞ」

「はいッ」

「猿だとて、この壁の上から落ちたら死ぬ。いいな。慣れるまで、手足の指を鍛えるのだ。小指一本ででも、岩の出っ張りからぶら下がることが出来るようになれ」

大曲兵衛は真剣な眼差しで寒九郎にいった。

寒九郎は自分の手を睨んだ。指を動かし、どうやったら、鍛えることが出来るのだろう、と考え込んだ。

南部嘉門が笑いながらいった。

「悩むな。何度も岩壁登りをしていれば、自然に指も強くなる」

大曲兵衛が寒九郎にいった。

「寒九郎、見ていろ、拙者(せっしゃ)を」

大曲兵衛はさっきとは違う岩に飛び乗り、岩壁にぴたりと張りついた。

「寒九郎、こうして、岩と一体になるんだ。岩に溶け込むんだ。そうすれば、岩壁から剝がれて落ちることはない」

「岩と一体になるのですか？」

寒九郎は参ったな、と思った。

「鍛練すれば、岩と一体になることが出来る」

「ははは。寒九郎、そう焦るな。大曲兵衛は、あんな風に、岩に張りつけるようになるまで、三年はかかったのだからな」

「三年も」

寒九郎は唸った。

「そういうわしは、五年かかった」

南部嘉門は笑った。

するすると白装束の大曲兵衛が岩壁を下り降り、岩場にすとんと降り立った。

「いいか。寒九郎、おぬしの祖父仙之助様は、すべて自然に学んで、谺一刀流を創った。猿からは猿の木登り、岩登りをじっくりと学んで取り入れたのだ」

「はいッ」

「跳び猿の技は基本中の基本。岩壁に張りつき、登り降りを繰り返し、途中で跳び降りる技を身に付ける。それを身に付け、剣技にするのだ」

「はいッ」

「やれ。今度はわしが傍に付いて教える」

「はいッ」

寒九郎は手足の指を柔軟にほぐし、岩壁に向かった。

雪が降って来た。白い雪片が舞い、手足が凍えそうに冷える。

「このくらいの雪にひるむな。猿は平気で登り降りする」

俺は猿ではない、と心の中で反発したが、さっきの岩に跳び乗った。白装束の大曲兵衛が一緒に登る気配がしたが、寒九郎は振り向かなかった。振り向けば、叱られるのが分かっている。

慎重に岩の出っ張りを指で摑み、足先で覚えたての足場を探す。

寒九郎は登りに集中した。岩壁と一体になるように意識し、じりじりと登る。すぐ脇で大曲兵衛の息遣いが聞こえる。

次の手掛かりを探していると、大曲兵衛の鋭い声が届く。

「足場を固めろ。足で伸び上がれば、次の手掛かりが近くなる」

寒九郎は素直に指示に従った。足先に力を入れて伸び上がる。すると、たしかに手掛かりに手の指が触れる。指を出っ張りに掛け、体重を引き上げる。

「左だ。左足で出っ張りに乗れ。絶対に下は覗くな」

寒九郎は下を覗く余裕などなく、手の指で出っ張りを摑み、足先で窪みや出っ張りを摑んで上へと登る。

「右だ。右手で出っ張りを摑み、左手で次の出っ張りを探って摑め。足先で足場を確保しろ」

寒九郎は、右手を伸ばした時、足を滑らせた。途端に大曲兵衛の手が寒九郎の襟首を摑み、岩壁に押しつけた。

「張り付け。岩になれ」

寒九郎は片手で岩の出っ張りを摑んでぶら下がり、落ちるのを止めた。足先で岩の出っ張りを探り当て、体重を乗せる。大曲兵衛の寒九郎を壁に押しつけていた手が離れた。

寒九郎は、それからも夢中で岩壁を登り続けた。雪混じりの風が吹き寄せ、寒九郎の顔を撫でた。手足がかじかんだが、寒九郎は必死に堪え、岩の出っ張りを摑んでは上に登る。

やがて、岩壁が切れ、大曲兵衛の草鞋を履いた足が見えた。

「登れた！」

寒九郎は思わず呟いた。岩壁の頂上に手を掛け、ようやくにして這い上がった。ずり落ちそうになると、大曲兵衛の手が寒九郎の小袖の襟首を掴み、引き上げた。

「まあ、いいだろう。初めてにしては上出来だ」

大曲兵衛は笑った。いつしか、隣に南部嘉門が立っていた。南部嘉門も一緒に登って来たのだ。

手足が凍るように冷えきっていた。指の感覚もない。寒九郎は一生懸命に指に息を吹きかけながら手を擦った。なかなか、感覚が戻って来ない。

寒九郎は岩壁の上に立ち、手を擦りながら、下を覗き込んだ。目が眩んだ。ほぼ垂直に聳り立つ岩壁が吹き寄せる雪に見え隠れしていた。

一の滝が轟音を立てて滝壺に落下している。霧のような水飛沫が吹き上げて来る。

「よし。さあ、今度は降りろ」

「え？　いま降りるんですか？」

「そうだ。滑りやすくなっているから、気をつけろ」

大曲兵衛は笑った。

「はい。降ります」

寒九郎は意を決して、いま登って来たばかりの岩壁を降りはじめた。

「気を抜くな。死ぬぞ」

「はいッ」

寒九郎は何も考えずに、岩の出っ張りを摑み、足で足掛かりを探りながら降りはじめた。

風に乗って狼の遠吠えが聞こえた。

だが、寒九郎は、それどころではなかった。一歩一歩慎重に、岩壁を降りる。岩と一体になれ。大曲兵衛の叱咤する声が聞こえた。

雪はますます強く降りはじめていた。

五

庭に雪が降っていた。松の木の枝に雪が降り積もり、白無垢（しろむく）の仏像のようになっている。

江上剛介は、座敷に正座し、雪に覆われていく庭に目を凝（こ）らしていた。

なんということになってしまったのだろうか。いまになって、恩師橘左近（たちばなさこん）にいわれた言葉が思い出される。

『……わしも、若いころ、同じ思いでいた。だが、御上（おかみ）の命令は絶対だ。一度密命を受けたならば、あとは否（いや）も応（おう）もなく、その命令に従い、実行せねばならぬ。御上は何の目的があって、ある人物を殺めるのか、など決して教えてくれない。だから、はじめに、やらぬと断るしかない。たとえ訳を知ったとしても、それによって殺（や）る殺らないを決めることは出来ない。いったん訳を聞いたら、他言無用となり、万が一にも洩らせば、手討ちになる。逃げても終生公儀に追われ、いつか命を落とすことになる。……』

己れもあの時に、恩師のいうことを聞いておればよかったのだ。

江上剛介はつくづく己れの愚かさを嘆いていた。

もし、この場から逃げたら、どうなるのだろうか？

『……家族や一族郎党が代わりに犠牲になる。おまえは阿鼻地獄、無間地獄に身を落とすことを覚悟しなければならなくなる。それでもいいのか？』

恐ろしい、と江上剛介は思った。

恩師は、江上剛介と由比進を前に最後にいった。

『二人ともいいか。御上はきっと甘い褒美も用意する。だが、それは毒饅頭だと思え。決して食してはならぬ』

そうか……己れは、甘い褒美に釣られて、毒饅頭を食ってしまったのか。

こうなったら、毒を食らわば、皿までか。

江上剛介は己れ自身を嘲笑った。後悔は先に立たないというが、まったくその通りだった。

江上剛介が御上から殺る相手を明かされたのは、江戸を発ち、弘前城下に来てからのことだった。

江戸でいわれた通り、津軽藩の次席家老の大道寺為秀邸を訪れると、ほどなく早馬で江戸から密書が届いた。それを受け取った大道寺為秀は、満面の笑みを浮かべ、上意と書かれた書状を掲げていった。

「江上剛介、頭が高い。平伏せい」

江上剛介は仕方なく大道寺為秀の前に平伏した。

「御上からの密命が、おぬし、江上剛介に下りた。ありがたくご下命を受けよ」

江上剛介は畏れ入り、大道寺為秀に頭を垂れた。

その時、初めて殺る相手を知った。暗殺すべき相手は、この地にアラハバキ皇国を創ろうとしている安日皇子。

安日皇子は、畏れ多くも都の天皇家に繋がる皇統の一人。その皇統の皇子を殺めるということは、天下の大罪だ。御上は、それをやれ、と江上剛介に命じたのだ。

御上の威を借りた大道寺為秀は、その上で、江上剛介に命じた。

「安日皇子には、腕の立つ護衛の者がおる。おぬしは安日皇子を殺るにあたり、邪魔をする護衛の者も片付けねばならない」

「その護衛の者とは、何者でござるか？」

江上剛介はふと嫌な予感がした。

「谺仙之助と、その孫の鹿取寒九郎だ」

江上剛介は頭を殴られたような気がした。

「しかし、おぬしは幸運だ。谺仙之助は、御上が派遣した別の刺客たちが、毒矢で葬った。残るは、谺仙之助の孫の鹿取寒九郎ただひとりだからな。鹿取寒九郎は、おぬしと同じ道場で修行した者と聞いたが、存じておろうのう」

「はい。存じております」

江上剛介は、なんという皮肉な巡り合わせなのか、と心の中で嘆いた。

「もしや、おぬし、鹿取寒九郎を殺るのは嫌だなどと申さぬであろうな」

「はい。いずれは、倒さねばならぬ相手でござる」

いずれ、寒九郎とは、立ち合わねばならない相手ではあった。しかし、それはあくまで、奉納仕合いや御前仕合いであり、果たし合いなどではない。

「そうかそうか。それを聞いて安心した」

次席家老は、寒九郎を亡き者にしなければならぬ事情があるというのだろうか?

江上剛介は顔には出さなかったが、その理由を聞きたかった。

「実はな、この津軽藩には、御上に弓引く者がおってな。あろうことか、アラハバキの安日皇子を奉り、十三湊にアラハバキ皇国を創り、藩の実権を握ろうと画策しておった一派がいた」

「さようでござるか」

「その一派の頭領が、鹿取寒九郎の父親鹿取真之助と申してな。我が藩の物頭をしておった。鹿取真之助は、義父の谺仙之助の援助を受けて、仲間を集め、次席家老のわしと筆頭家老の津軽親高殿を討とうと陰謀を企てておったのだ。それを、わしの細作が嗅ぎ付けた。わしは筆頭家老と一緒に先手を取って、鹿取真之助たち一派を一掃しようとした」

大道寺為秀は、自慢げに滔々と、陰謀を企んだ鹿取真之助一派を討った話を続けた。

鹿取真之助たちは藩の若手の剣士たちを多数集めていたので、次席家老の大道寺為秀と筆頭家老の津軽親高が討とうにも、家来たちに年寄りが多く、数は勝っていても、鹿取真之助一派を討ち果たす力はなかった。そこで、大道寺為秀は、江戸幕府のある要路に支援を求めた。そして幕府要路が派遣した刺客たちの力を借り、ある夜、一挙に鹿取真之助と一族郎党を襲い、鹿取真之助を討ち果たした。それを見た妻の菊恵は夫の後を追って自害した。

「鹿取真之助と妻には、酷いことをしたと思うてな。せめて、倅の寒九郎は命を助け、わしが面倒をみようとした。だが、寒九郎は、国を逃げ出し、祖父の谺仙之助を頼り、両親の仇を討とうと考えたらしい。そして、あろうことか、親父の所業を棚に上げ、逆恨みして、それがしや筆頭家老の津軽親高殿を狙い出した」

「ほほう。そんなことがあったのですか」

江上剛介は内心で笑った。自業自得ではないか。

大道寺為秀は怖ず怖ずといった。

「まあ。わしは鹿取寒九郎ごときを恐れるわけではないのだが、あろうことか、今度は寒九郎が父真之助の遺志を継ぎ、祖父谺仙之助のところに馳せ参じて、安日皇子のアラハバキ皇国創りに精を出しはじめた。聞くところによると、寒九郎は祖父の教えよろしく、腕をめきめきと上げ、いまや祖父の谺一刀流とやらを継ごうとしておるそうな」

谺一刀流？

恩師橘左近の話では、谺仙之助は谺一刀流を邪剣として封印したといっていたが、寒九郎は、その封印を解き、後を継ごうとしているのか？

おもしろい、と江上剛介は思った。

どうせ、寒九郎と立ち合うことになるのなら、その谺一刀流とやらを見てみたい。寒九郎が谺一刀流を会得した上で、正々堂々と立ち合ってみたい。

「江上剛介様」

女の声に、江上剛介は物思いから我に返った。振り向くと、郁恵の姿があった。一瞬座敷に赤い牡丹の花が一輪咲いているかのように江上剛介は思った。

郁恵は大道寺為秀の孫娘だった。十七歳の娘盛りと聞いている。大道寺為秀の娘絹枝が嫁いだ先で産んだ娘で、いまは母娘ふたりで里帰りしていた。

「お茶を差し上げようかと」

「かたじけない。お願いいたします」

江上剛介はうなずいた。

母の絹枝も娘郁恵も、父の大道寺為秀にはまったく似ない器量よしだった。懇意になった家臣の一人によると、父親は人望がないが孫娘の郁恵なら、その美貌と、親に似ぬ優しい性格に、嫁にほしいと引く手数多ということだった。

江上剛介は、郁恵の面影が、江戸にいる誰かに似ているように思った。

そうだ。馬廻り組頭西辺猪右衛門の娘綾だ、と江上剛介は独り合点した。綾にどこか似ている。

後ろで茶筅の音が聞こえた。郁恵が茶を点てている。茶の香りが漂って来る。

そういえば、綾殿には、大内真兵衛が熱を上げていた。武田由比進も、綾には心惹かれていたはずだ。綾は由比進の母親早苗殿に気に入られており、よく一緒に、日本橋の呉服屋に出掛けたりしていた。御供に寒九郎の姿もあったように思う。

そういえば、あのころ、寒九郎や起倒流大門道場の大吾郎たちと大立ち回りをして、明徳道場の恩師たちに大目玉を食らったっけ。あのころが、他愛無く遊べて楽しかった。

江上剛介は腕組みをし、くくくと肩を震わせて笑った。

「江上様、何を可笑しそうにお笑いになっているのですか？」

「ああ、これは失礼。あなたを見て、ふと友人たちのことを連想し、つい思い出し笑いをしてしまったのです」

江上剛介は振り向き、茶を点てている郁恵の傍へ膝行した。

「私をご覧になってですか？」

郁恵はお茶の入った茶碗を江上剛介の前にそっと差し出した。

「はい。我らの友人たちが入れ揚げていた美しい女子に、あなたが似ていたものですから」

「まあ、私なんて江戸の娘さんと比べたら、羞かしくて」

「いえ。郁恵殿はお美しい」

江上剛介は作法通りに茶碗を持ち上げ、茶を味わった。

上品な味だ。江戸でも、こんな上品で上等な茶を味わうことはなかなか出来ない。

「江上様は、どのような女性がお好みなのですか？」

江上剛介は思わぬ問いにどきっとした。

いわれてみれば、己れも綾のような娘を好ましく思っていた。だが、大内真兵衛や武田由比進と争うのかと思うと、己れはどうでもいいと思い、身を引いてしまった。

我ながら、情けないと思うのだった。

「そうですな。郁恵殿のような娘さんがいいですね」

江上剛介は、自分でも驚くような、正直な気持ちでいってしまい、いけない、と思った。

「まあ」

郁恵は茶筅を持った手を止め、顔を真っ赤にした。

江上剛介は動揺した。いけない、郁恵殿にとんでもないことをいってしまった。

郁恵はさっと立ち上がり、何もいわず、急ぎ足で座敷を出て行った。江上剛介は驚いて郁恵の消えた廊下を見つめていた。

気付くと、郁恵は点てた茶の後片付けもしていない。

相当に怒って出て行ったのだろう。

江上剛介は、郁恵が戻って来たら、なんと謝ろうかと考えながら、茶の道具を片付けた。

廊下をどかどかと踏み鳴らす足音が立ち、足早に誰かが座敷に来る気配がした。

江上剛介は、てっきり郁恵殿が祖父の大道寺為秀に、からかわれたと告げ口をしたと思った。

案の定、大道寺為秀が若侍を連れて、座敷に入って来た。

江上剛介は叱られるのを覚悟して、頭を下げて大道寺為秀を迎えた。

大道寺為秀は座敷に入ると、床の間を背にして、どっかりと胡坐をかいて座った。

若侍が傍に座り、刀を捧げ持った。

大道寺為秀は部屋を見回し、茶器が片付けられているのに気付いた。

「あれ、孫娘の郁恵は、いかがいたしたのだ？　おぬしに茶を点てるように申し付けておいたのだが」

「怒って座敷から出て行かれました。それがしが、失礼なことをいったので」

「ははは。おぬしがいい男なので、屋敷の女子たち、みなおぬしをあこがれの目で見ておる。郁恵もおぬしを慕っているらしい。それで、何かいわれて怒ったのだろう。気にするな。若い娘は気紛れだ。怒ってもすぐに機嫌を直すだろう」

「は、はい」

江上剛介は頭を下げた。

郁恵殿がそれがしを慕っている？

それで、それがしが郁恵殿への思いを口に滑らせたから、慌てて出て行ったというのか。

「ところで、江上剛介殿、いま、細作から、新しい寒九郎の動きが分かった」

「どのような？」

「おぬし、五所川原(ごしょがわら)の宿場に張り込み、寒九郎たちが通りかかるのを待っていたが、はぐらかされたのだろう」

「はい。残念でしたが」

江上剛介は、しかし、心の中では、反対に寒九郎が五所川原の街道に来ないでよかった、と思った。当時、まだ事情がいま以上に分からなかった。知らぬまま、寒九郎と立ち合いたくはない。

「鹿取寒九郎は女を連れて一緒に十三湊から船で秋田藩に行ったそうだ」

女連れで？　江上剛介は首を傾げたが、聞き流した。

「それで秋田藩に向かったのでござるか？　なぜに？」

「谺仙之助の未亡人が大館城下にいるそうだ。そこへ谺仙之助の遺骨の一部を届けに行ったらしい」

「さようでござるか」

「そして、今度は、鹿取寒九郎たちは、白神山地に向かった。幕府の公儀隠密たちが後を付けたが、振り切られた。いま、鹿取寒九郎は、山に籠もり、冬を越そうとしている。どうやら、山で修行し、谺仙之助の直弟子たちから、谺一刀流を会得しようとしているらしい」

「さようでござるか」

「彼らは暗門の滝のアラハバキの村に入ったらしい」

「つまりは、来年の春まで、寒九郎は山から出て来ないということですかな」

「そうだ。幕府の公儀隠密たちが、隙を狙い、寒九郎を討ち果たすつもりらしいが、白神エミシの本拠地では、彼らも無理は出来ない。白神山地の冬は厳しい。公儀隠密たちも、いったん、白神山地から出ることになるかも知れぬ。これまで何度も失敗しておるからな」

「ううむ」

江上剛介は腕組みをし、山に籠もった寒九郎の無事を祈った。どうせ討つなら、自分が討ちたい。それまでに、寒九郎が谺一刀流を身に付けていてほしい、と思うのだった。

「江上剛介殿、いま安日皇子には護衛がいない。命を狙う好機ではあるのだが、細作の調べでは、安日皇子は船で夷島の本拠に戻っておるそうだ。これまた安日皇子が津軽に戻って来るのは、来年の春らしい。それまでは、おぬしも、我が屋敷に滞在し、待つのだな」

「さようでござるか」

「春には、きっと寒九郎は安日皇子の許（もと）に戻ることだろう。その時まで待機するのだな」

江上剛介は、それを聞き、ほっとした。少しでも寒九郎との立合いは延期出来ればいい。そのうち、御上の意向も変わるかも知れない。

江上剛介は儚（はかな）い望みを心に抱いた。

第三章　白狼哭く

一

白神山地は深い雪に埋もれていた。

山も谷も、裸の木々も草地も、すべてが雪に埋もれ、真っ白な雪景色になっている。滝も半ば凍り付き、巨大な氷柱となって岩壁に聳り立っている。

山の斜面には樹氷が林立し、谷川も分厚い氷に覆われ、その氷の下を水が伏流となって流れていた。

夜が明けるまでは吹雪いていた。それが、いまはからりと空は晴れ、雪雲はほとんどない。山の天気は変わりやすい。この晴れもいつまで保つか分からない。すでに西の空には雲が拡がりはじめていた。

寒九郎は、天狗岳山麓のマタギ小屋で身仕度を整えた。導師の大曲兵衛、南部嘉門と一緒に兎の干し肉を焚火で焼き、簡単な朝食を済ませた。

「本日は昨日に引き続き、雪中での立合い、身のこなし、熊の雪滑りの鍛練を行なうことにする」

南部嘉門が寒九郎に告げた。

熊の雪滑り？

何だろう、と寒九郎は訝った。

「まあ、おもしろいから楽しみに」

南部嘉門がにやにやしている。大曲兵衛は何もいわず、朝食の片付けをしている。

「まずは、しっかりと身仕度を」

南部嘉門は、己れの身仕度をしつつ、傍らで寒九郎が身仕度を整えるのを、厳しく指導した。

寒九郎はしっかりと木綿の頭巾で頭を包み、アマブタ（笠）を被った。木綿の肌着を着込み、その上から熊の毛皮のキカワやカッポーを着る。下には羚羊の毛皮で作ったハカマを穿き、脚にはハバキ（脚絆）を巻く、足にはコハバキを付け、ケタビを履いた。短弓と矢筒を腰に付ける。

　白神マタギの冬の狩り支度である。

　マキリと呼ばれる刀子(とうす)を懐(ふところ)に呑み込んだ。

「今日は尻にこれを付けろ」

　南部嘉門は羚羊の毛皮を一枚、寒九郎に放った。寒九郎は羚羊の毛皮を受け取り、どう付けるのか、と嘉門を見た。

　大曲兵衛は笑いながら、羚羊の毛皮で尻を覆うようにして、腰に括(くく)り付けた。南部嘉門も、同じように毛皮を手早く腰に括り付ける。

　寒九郎は少々面食らったが、ともあれ、大曲兵衛や南部嘉門を真似て羚羊の毛皮を尻の後ろに垂らした。

　南部嘉門がいった。

「寒九郎、いいか。いくら寒いとはいえ、分厚い毛皮をまとって寒さを防いではならぬ。分厚い毛皮は、動きを鈍くする」

「はいッ」

「狩りに適した身仕度は、外に出た時、少し寒いぐらいがちょうどいい。雪中でも少し動けば汗をかく。寒さには汗が禁物だ。汗は冷えると軀を冷やす。軀は冷えれば動きが鈍くなる。汗をかかぬよう、少し衿(えり)を開けて風を入れ、涼みながら動きつづける。

寒くなったら衿を閉じる。汗はかかず、常に軀の温度を保つ。それを心得ておけ」

「はいッ」

寒九郎は大声で返事をした。それでなくても、じっとしていると冷える。足踏みをし、手袋の中の指を動かし、温める。

「本日の体術は、五段目だ」

南部嘉門は大声で告げた。

まだ五段目か、と寒九郎はため息をつく。

大曲兵衛と南部嘉門によれば、白神山中で習う剣技体術は、裏表合わせて十八段。南部嘉門が教える表十段は、兎と羊(ひつじ)を除いた十二支の動物の名が付けられた技だ。大曲兵衛が教える裏八段は、日月火水木金土の七行と、雨、風、雪の三つの名を付したものだった。どんな技なのかは、まったく不明だった。

この一月(ひとつき)、ほぼ毎日、滝の岩壁を登り下りする跳び猿を続け、それが終わると、今度は雪中を走り回っている。木剣を遣っての剣技はまったくない。体術ばかりだった。

それも身に付けるまで、何度もやり直す。大曲兵衛と南部嘉門が納得するまで、修行せねばならず、この様子では、全十八段を修了するには、かなり時間がかかりそうだった。

南部嘉門は寒九郎の身仕度に頷いた。

「まあ、そのくらいでいいだろう」

大曲兵衛が囲炉裏の火を消し、灰をかけた。

寒九郎は南部嘉門とともに外に出た。

晴れて久しぶりに暖かい陽射しがあるとはいえ、空気は冷えきっていて、頬が切れるように寒い。

寒九郎は、さらに手にマタギベラと呼ぶ雪掻きを持った。足に丸カンジキを履く。

最後に両手に分厚いテッキャンと呼ぶ毛皮の手袋を嵌める。寒九郎はぱんぱんと両手を叩いた。

「これでは、いざという時に刀を抜くことは出来ないな。矢も射ることが出来ない」

南部嘉門が笑った。

「さよう。だから咄嗟の時には、身のこなしで対応する」

「なるほど」

「その身のこなしの訓練だ」

「分かりました」

寒九郎は了解した。南部嘉門は大声でいった。

「まずは雪上を歩く」

「はいッ」

南部嘉門が、マタギベラを手に、蟹股（がにまた）で歩き出した。蟹股にならないと、丸カンジキが重なり合い、足がもつれることになる。

後ろから大曲兵衛が大声で寒九郎を叱咤しながら続く。

山小屋が見えなくなり、天狗岳の山麓を雪掻きしながら下りるうちに、軀が火照り、汗をかきはじめた。

寒九郎は教えられた通りに衿の間を少し開け、冷えた空気を取り入れて、火照りを醒ます。

南部嘉門を先頭にし、寒九郎、殿（しんがり）に大曲兵衛が並び、黙々とカンジキで雪を踏んで行く。はじめはカンジキ同士がぶつかったり、重なり合ったりして、雪の中に転んで、雪に埋まったりしたが、次第に歩き慣れ、前後の阿吽（あうん）に遅れを取らぬようになった。

息が切れる。寒九郎は鼻から息を吸い、口から息を吐くを繰り返した。吐く息は白く、太い煙になって、顔にまとわりつく。そのため、顔を半ばほど覆う手拭いが、息に濡れ、すぐに凍り付いて硬くなった。

低い山の尾根に登り、赤石川（あかいしかわ）が流れる沢に落ち込む急な斜面に差しかかった。

「止まれ」

先頭の南部嘉門が、さっとマタギベラを上げて、寒九郎と大曲兵衛の歩みを止めた。

「これより、沢まで斜面を滑り下りる」

「え？　ここでですか？」

寒九郎は斜面の一番下の沢の付近に目をやった。一見、急な斜面は雪に埋もれて緩い斜面に見えるが、それは雪が森の木々や灌木を隠しているからだ。

滑り下りるといっても、深い雪の斜面をどう滑るというのか？

「やるぞ、寒九郎」

南部嘉門はカンジキを脱いで、腰にぶら下げた。尻に垂らしていた羚羊の毛皮を軀の前に回し、前垂れにした。ついで毛皮の前垂れを股ぐらの間を通して後ろに流した。小脇にマタギベラを抱えた。

「行くぞ。見てろ」

いきなり南部嘉門が両足を投げ出すようにして雪の急斜面に飛び込んだ。嘉門は両足を前に上げ、尻で雪の斜面を滑りはじめた。左に構えたマタギベラでやや軀を起こし、同時に速度や向きをうまく制御している。

「おう。おもしろそう」

寒九郎は感嘆した。

南部嘉門の滑る背後に雪煙が濛々(もうもう)と立った。南部嘉門の上半身が雪煙の中に見え隠れした。

急斜面の途中で、突然、嘉門は軀を回し、雪面にマタギベラを突き立て滑りを止めた。南部嘉門はマタギベラを突き上げた。南部嘉門は頭から足先まで雪を纏(まと)い、真っ白な塊になっている。

「寒九郎、来い」

南部嘉門は下から怒鳴った。

寒九郎は一瞬迷った。

雪面に飛び込むといっても、どうやって？

「寒九郎、おぬしの番だ。用意しろ」

大曲兵衛が笑い、寒九郎に指図した。

寒九郎は南部嘉門を真似て、カンジキを脱ぎ、腰にぶら下げた。毛皮を前に回して、前垂れにし、さらに股間に挟んで後ろに流す。マタギベラを抱え、急な斜面を見下ろした。

下で嘉門が手を上げている。

急角度に傾く斜面が、突然恐くなった。一度転がったら、谷底まで転がりそうだ。

「両足を前に投げ出した格好で飛び込むんだ」

兵衛の声に軀が反応し、一瞬雪に飛び込もうとするのだが、軀が動かない。

「止め方は?」

「転がれば止まる」

「それはそうですが」寒九郎は躊躇した。

「行け!」

兵衛がどんと寒九郎の背を突き飛ばした。

あっという間もなく、寒九郎は雪面に飛び込んだ。両足を前に出したつもりだったが、軀が前のめりになって雪面に頭から突っ込んだ。軀が雪の中でくるくると前方回転した。

止まらない。硬い雪が顔を擦り、手足をもぎ取ろうとする。寒九郎は必死に軀を丸め、抱えていたマタギベラを立てて、体勢を整えようと焦った。マタギベラが雪を削る気配がし、突然回転が止まった。

あたりは真っ暗だった。口の中に柔らかな雪が入り、息が詰まる。慌てて両手でもがくように雪を掻いた。空が見えた。新鮮な空気が胸に入った。

いかん。雪の中に埋もれている。抜け出さねば。

どしんと雪を打つ地響きがあり、目の前に南部嘉門の笑い顔が現われた。

「寒九郎、こんなところで何をしておる？」

「どうなったのか……」

自分でも分からなかった。顔だけが雪面に出ていた。

寒九郎は手足をもがき、雪から這い出ようとした。

「慌てるな。じっとしておれ」

嘉門の太い腕の手が、寒九郎のキカワをむんずと摑み、雪の外に引き摺り出した。

寒九郎は雪面に座り込んだ。転がって一気に嘉門がいるあたりまで転がり落ちたらしい。まだ急斜面は続き、沢に落ち込んでいる。

雪を削る気配がした。見上げると、雪煙が斜面を滑り下りて来る。

雪煙は寒九郎たちの傍まで来て止まった。雪煙の中から大曲兵衛の姿が現われた。

「寒九郎、やけに派手に転がったな」

大曲兵衛が笑い、手で斜面に造られた溝のような跡を差した。

「あれは、おぬしが転がって作った跡だ」

跡はずっと急斜面の始まる尾根の上まで続いている。

「雪だから怪我をしなかったが、雪がなかったら大怪我をしていただろうな」

大曲兵衛はにやにやと笑った。

南部嘉門が笑いながらいった。

「熊の雪滑りは、どうだ、おもしろいだろうが」

「はあ」

おもしろいというより、初めての体験なので、まだ何が起こったのか分からないでいた。

「寒九郎、熊になった気持ちで滑るんだ。下に獲物がいると思ってな。いいな。滑り下りたら組打ちで相手を仕留める。だから、相手がどこにいるか、見当をつけて、そこに向かって滑り下りる」

「はい」

寒九郎は気を取り直して、躯についた雪を払い落とした。

「ところで、止めるには、どうしたらいいのですか？」

寒九郎は止め方をちゃんと聞いていなかったのを思い出した。

南部嘉門はいった。

「止め方は簡単だ。滑りながら躯を回転させ、斜面に向いて、マタギベラを突き立てる。そうすれば滑りが止まる」

大曲兵衛が笑った。

嘉門がにやつきながらいった。

「わしらも、覚えるまで、何度か雪まみれになった。懲りずに、二三度やってみれば、出来るようになる」

嘉門のいったことは本当だった。

それから、寒九郎は沢に下りるまで、三度滑りを試み、最後にようやく、大曲兵衛や南部嘉門と同じように、羚羊の毛皮に乗って、滑り下りることが出来るようになった。

熊の雪滑りを覚えたら、寒九郎も思った。

これはおもしろい。止められなくなる。

寒九郎たちは、再び天狗岳に登り、夕方近くまで熊の雪滑りを鍛練した。

寒九郎たちが高倉森の村に戻ったのは、陽がとっぷりと暮れた時刻だった。あまり遅かったので、レラ姫や草間、村長のウッカたちは心配し、捜索隊を出そうとしていたところだった。

その夜、寒九郎は、兵衛、嘉門とともに、ゆっくりと熊の湯に浸かり、軀の疲れを解した。

レラ姫たちが用意してくれた夕餉を食べ、寝床にぶっ倒れるようにして眠った。

夢の中でも、寒九郎はまだ白神山地の雪の斜面を滑っていた。

二

木枯らしが屋敷町の通りに吹き、枯葉を舞い上がらせていた。

江戸の町には、まだ雪は降っていない。いや、降っても積もるほどではなかったのだろう。

太陽は雲に隠れて見えないが、だいぶ西に傾いているらしく、あたりに薄暮が押し寄せていた。

武田由比進は武田家の門の前で、愛馬春風の手綱を引いて止めた。春風は家に帰って来たと分かったのか、しきりに鼻をぶるぶると震わせていないた。

背後から大吾郎の乗った馬が追い付いた。

「どうどうどう」

大吾郎も愛馬勝蔵の手綱を引いて止めた。

表門の扉は堅く閉じられてはいたが、見た限り、変わった様子はない。

もし、御上から閉門や蟄居（ちっきょ）を申し渡されたりしていたら、斜交（はすか）いに十字に組んだ竹竿が門を封鎖している。

由比進は、まずは父が閉門蟄居の沙汰を受けたわけではないと、ほっと安堵した。

大吾郎も由比進の気持ちを察して、笑顔になった。

大吾郎は馬から飛び下り、門前で大声で叫んだ。

「由比進様、ただいまお帰りになられたぞ」

片番所の物見窓の障子が軋んで開き、人が外を覗く気配がした。門番がようやく気付いたらしい。

「お帰りなさいませ」

門番の声が聞こえた。くぐり戸が開き、門番たちが走り出た。すぐに両扉が開かれ、門番たちが由比進を出迎えた。

由比進はゆっくりと春風を進め、門をくぐった。大吾郎が馬を引いて、あとに続く。

邸の中は時ならぬ大騒ぎになっていた。

由比進は馬を下りた。大吾郎が馬の手綱を受け取った。

「お帰りなさいませ」

見知らぬ若侍たちが玄関先の式台に現われ、由比進を迎えた。

由比進は大吾郎と顔を見合わせた。

扶持が加増になり、家来も増えたのだろう。

若侍たちも、由比進と大吾郎と初対面なので、戸惑った顔をしている。

「由比進様がお帰りになった。お殿様にお知らせしろ」

若侍たちは囁き合い、一人が廊下を奥に急いだ。

騒ぎを聞き付け、廊下に出て来た女中のおさきも、慌てて大声で叫んだ。

「奥様、由比進様がお帰りになられました」

おさきも由比進に頭を下げると、慌ただしく奥に駆ける。下女のお清に洗い桶を玄関先に用意するように告げる。

由比進は背負っていた行李を下ろした。

馬丁たちが駆け付け、大吾郎から春風と勝蔵の手綱を受け取った。

「春風も勝蔵も長旅で、だいぶ疲れている。たくさん飼い葉を食わせてやってくれ。躯も洗ってやってほしい」

由比進が馬丁たちに頼んだ。

「承知しました」

馬丁たちは春風と勝蔵の手綱を引き、裏の厩（うまや）に連れ去った。

廊下に元次郎（げんじろう）の声が響いた。

「兄上、お帰りなさい」

「由比進、よくぞ無事に……」

廊下に母の早苗（さなえ）が現われた。早苗は式台によろめくように座り込んだ。声を詰まらせ、袖で顔を覆った。

「ただいま、戻りました。母上」

由比進は上がり框（かまち）に腰を下ろし、汚れた草鞋や足袋（たび）を脱いだ。下女のお清が運んで来た洗い桶に足を入れた。お湯だった。温かい。

「若様、足をお洗いしますね」

お清が由比進の返事も待たず、足を洗いはじめた。

「あ、ありがとう」

「まあ、何をおっしゃいます。他人行儀な」

式台に正座し直した早苗が、土間に控えている大吾郎に気付いて声をかけた。

「大吾郎、ありがとう。無事由比進を連れ戻ってくれて。礼をいいます」

大吾郎は頭を振った。

「申し訳ありませぬ。それがし、寒九郎を、いや寒九郎殿を連れ戻すことは出来ませんでした。お許しください」

「それはもう仕方がないこと。お清、大吾郎殿の足も洗ってあげて。長旅でふたりとも、さぞ疲れているでしょう。早く家に上げて軀を休めてもらわなければ」

「はい、奥様」

お清は大吾郎に上がり框に座るよう促した。

「いや、それがしは……」

「奥様のいいつけですよ。さあ」

お清は大吾郎を上がり框に座らせた。

表にどやどやと駆け付ける足音が響いた。

大吾郎の父吉住敬之助と母のおくにが玄関口に顔を出した。敬之助が声をかけた。

「大吾郎、帰ったか」

「大吾郎、よくぞ無事に」

おくにも涙声でいった。

早苗は、玄関先から覗いていた下男の作次にいった。

「作次、お風呂は？」

「すでに沸かしてありますだ」

「由比進、さっそくにお風呂に入り、汗や埃を流しなさい」

「はい。大吾郎、おぬしも、一緒に湯に入ろう」

「いや、それがしは、一緒というわけには……」

「何をいう。旅先では、いつも風呂に一緒に浸かったではないか」

「しかし、旅先は旅先、江戸に戻れば、以前と同じでござる」

早苗が優しくいった。

「大吾郎殿、遠慮なさるな。せっかく、由比進が一緒にお風呂に入ろうとお誘いしているのですよ。一緒にお風呂に入って寛ぎなさい」

敬之助が慌てていった。

「いえ、奥様、お誘いはありがたいのですが、大吾郎はご遠慮申し上げます。将来のご主人様とお風呂に浸かるなどとはもってのほか。ここはけじめをつけませんと」

敬之助は、式台の隅や廊下に控えている若侍たちに目をやった。若侍たちは、静かになりゆきを見ていた。

由比進は笑った。

「敬之助殿、そんな堅いことは申されるな。それがし、旅をしているうちに大吾郎とは兄弟のように仲良くなった。外ならともかく、家の中では」

「いえ、由比進、なりませぬぞ」

廊下から嗄れた声が響いた。振り向くと廊下に女中のおさきに支えられた、痩身の祖母の将子が立っていた。

「身分が違います。主と奉公人が一緒に風呂に浸かるなど、とんでもないこと」

「それがしがやることに、たとえ祖母上とはいえ、口を挟まれるのは……」

由比進はいいながら、大吾郎の顔を見た。大吾郎は、みんなの前で、それ以上いうのは止せ、と目でいった。若侍たちが固唾を呑んで見ている。

敬之助が引き取った。

「大吾郎、おぬしは由比進様の供侍だ。供侍は供侍らしく、身分の違いを守らねばならぬぞ」

「もちろんにございます」

大吾郎は土間に下り、由比進に頭を下げた。

「大吾郎」

由比進は言葉を失った。旅先では、身分の違いなど考えず、あんなに親しく付き合っていたのに。

大吾郎の母おくにがいった。

「奥様、我が家で至急にお湯を沸かします。沸かして、息子に湯浴みをさせます。さあ、大吾郎、あなたも家に戻りましょう」

おくにはそっと大吾郎の背に手をあてて立たせた。

「では、奥様、由比進様、それがし、今夜は失礼いたします」

大吾郎は早苗に頭を下げ、由比進にちらりと目をやってうなずいた。由比進も大吾郎に頷き返した。

吉住敬之助とおくには、早苗と祖母、由比進に深々と頭を下げ、大吾郎を抱えるようにして玄関先から出て行った。門番たちも、番屋に戻って行く。

若侍たちも控えの間に姿を消した。

祖母の将子は由比進にいった。

「旅で少しはおとなにおなりになったかと思うておりましたが、悪い風を受けて、意固地な性格になりなさった。まだまだ子どもですねえ。困った困った」

将子はおさきに腕を支えられ、廊下の奥へと消えた。

「さ、由比進、お風呂にお入りなさい」

「はい、母上」

早苗は由比進の腕を摑み、見上げた。

「この半年で、背が伸びたようですね」

「さようですか。ところで、旅先で急ぎの報せを受けました。『お家に大事あり』と。それで、それがしは、何か酷いことでも起こったかと思い、こうして飛んで帰って参ったのですが、いったい、何事が起こったのですか？」

早苗はふと言葉を詰まらせた。

「……私からは何とも申せません。ともあれ、それは、旦那様がお話しになると思います」

「父上は、いまどちらに？」

「客間で、お訪ねになったお客様のお相手をなさっています」

「客？」

「さあ、あなたはお風呂に入って一浴びなさい。軀が汗で臭いますよ。お客様にご挨拶するにも、失礼ですよ」

早苗は袖で顔を被った。

「は、はい」

由比進は急いで母の傍を離れた。

「いま浴衣や下帯を用意しますからね」

母はいそいそと奥へ急いだ。

元次郎がすり寄り、由比進の袖を引いた。

「兄上、お土産(みやげ)は？」

由比進は廊下を歩きながらいった。

「土産か。持ち帰るのを忘れたな」

「持ち帰るのを忘れた？」

元次郎は頰を膨らませた。

「どんな土産だったの？」

「子熊だ」

由比進は津軽の山道で、通りすがりにちらりと見かけた熊の親子を目に浮かべていった。熊の親子は仲良く連れ立って笹の中に消えた。

「熊？　見たことない。恐くないの？」

「大人の熊は恐い。人を襲って食う熊もいる。だが、子熊は可愛い。だから、子熊を捕まえて連れ帰ろうと思ったが、一緒にいる母熊が恐いのでやめた」

由比進は嘘をついた。はじめから子熊を連れ帰るなんぞ思ってもいなかった。ただ、元次郎に土産話として、土地の者から聞いた熊の親子の話でもしてやろうと思っただけだった。

「なあんだ。子熊を捕まえること出来なかったんだね」

「うむ。可愛過ぎて、きっと母熊も手放さない。きっと母熊と闘う羽目になる。人は、怒った熊と闘ったら負ける」

「兄上でも熊に負ける？」

「うむ。いくら人が強くても熊には勝てない。熊は山の王様だからな」

由比進は笑い、風呂場の着替えの間（ま）で旅装を解いて、裸になった。元次郎がいった。

「兄上、旅のお話、上がったら聞かせて」

「うむ。いいだろう」

由比進は手拭いを持ち、洗い場の簀子（すのこ）の上に立った。風呂の蓋を外した。濛々と湯気が立った。湯を手桶に汲み出し、軀にかけた。

熱い。熱すぎる。だが、それも一瞬だった。由比進は熱いのを我慢して、湯槽（ゆぶね）に足を入れた。徐々に軀を沈め、首まで浸かった。

あたりは暗くなりだした。

若侍が燭台の蠟燭（ろうそく）を着替えの間に運んで来た。母の早苗が浴衣や下帯を籠に入れて持って入って来た。

由比進は湯に浸かりながら、いまごろ、寒九郎はいずこで、何をしているやら、と思った。


由比進が風呂から上がり、父作之介の書院に行き、無事帰宅したという報告をしようとした時には、すでに客の姿はなかった。

父は客が帰ったあとも、火鉢の前で、じっと腕組みをし、考え事をしていた。

「ただいま帰りました」

「おう。由比進、無事帰ったな」

父は振り向き、相好（そうごう）を崩した。だが、目は笑っていなかった。

「旅先で、至急帰れの手紙を受け取りました。『お家に大事あり』とのことでしたが、いったい何事にございますか？」

「うむ。おぬしには、わしが老中田沼意次様に取り立てられ、将軍側用人の田沼意知様の相談役を仰せつかったことを知らせたな」

「はい。田沼意知様は、老中田沼意次様のご子息でございますな」

「そうだ。それで、わしは千石に加増された。いま、わしは身に余る旗本大身（たいしん）になった」

「おめでとうございます。これはめでたいこと」

由比進は正座し、両手をついて、父に祝意を述べた。

「それが、そう喜んではいられないのだ」

「どういうことでございますか？」

「老中田沼意次様は、まこと敵が多い。その意次様に、わしが見込まれたのは、深い訳があってのこと。我ら夫婦が亡くなった鹿取真之助殿の縁戚にあたり、さらに谺仙之助様の血筋にあたるからだ。その意味は分かるな」

「はい。母上と鹿取真之助様の奥方の菊恵様が、谺家の血族である、ということですね」

「そうだ。意次様は将軍家治（いえはる）様のご支持を頂き、北の大地で大きなる国創りの計画を策しておられる」

「どのような計画でございますか？」

「津軽にエミシの国を創らせ、荒羽吐（あらはばき）族の安東（あんどう）水軍を再興させる。彼らに十三湊を任せ、北の出島（でじま）とする計画だ」

「十三湊を長崎の出島にするのでございますか？」

「そうだ。そして、荒羽吐族の安東水軍に、異国との交易をさせる。最近、しきりに北の赤蝦夷魯西亜帝国の黒船が、陸奥近海に現われて、幕府に交易を迫っている。老中田沼意次様をはじめとする幕閣は魯西亜など異国との交易は利ありとし、開国を是としているが、なんとしても、都の朝廷は聞く耳を持たず、頑迷に開国は否としているのだ」

「父上、それがしと大吾郎は、十三湊に参りました。たしかに、そこには見たこともない、魯西亜の巨大な船が停泊しているのを見ました。三本柱の大きな黒船で、北前船や檜垣廻船の三倍はござろうか、という大船です。その船から積み荷が湊に下ろされ、異国人たちも町に出て買物をしたりしていました。おかげで町の船宿や商店は軒並み繁盛し、お客で大賑いになっておりました」

「そうか。やはり、もう十三湊では魯西亜との交易を密かに始めておるのだな」

「はい。幕府の役人たちが湊に関所を構えており、人や荷物の出入りを調べておりました」

「ふうむ。そうか。幕府の関所も出来ているのか」

「はい」

「先に、わしは朝廷が幕府将軍様の方針に否と申されているといったな。老中田沼意次様は、北の津軽の地に追われた皇統の血筋があるのに気付かれた。それがかつて十三湊に本拠を置いた荒羽吐族の安東水軍だ。その安東水軍を再興させ、皇統を復活させる。その皇統の皇子が安日皇子様だ。意次様は安日皇子を奉(たてまつ)った皇国を創れば、都の皇家に対抗出来るとお考えになった」

父は己れの考えを整理するように考え考え話を続けた。

「将軍吉宗(よしむね)様までは、北の皇国なんぞ偽(にせ)皇統として認めなかった。荒羽吐族が安日皇子を奉じて安東水軍を復興しようとすると、御上は密かに刺客を送り、安日皇子を暗殺し、その目論見(もくろみ)を潰した」

もしや、送り込まれた刺客が、橘左近、大門甚兵衛(じんべえ)、笏仙之助だったのか、と由比進は合点がいった。

「将軍様が替わり、田沼意次様が側用人に取り上げられてから、幕府の方針が変わった。田沼様は津軽の皇国を潰すのではなく、逆に育てて利用しようと考えた。その方が地元のエミシたちを懐柔(かいじゅう)出来るし、彼らの安東水軍を交易に利用出来る」

「なるほど」

由比進は、だんだんと全体の構図が見えて来るのを覚え、背筋にぞくぞくとした戦慄が走った。

「もし、北の皇国が出来れば、幕府はその北の皇国に交易をさせて高い利益を上げさせ、そこに関税をかけて徴収することが出来る。長崎出島で上がる莫大な利益を考えれば、十三湊で上がる利益もかなりのものになるはずだ。それにより幕府は慢性的な財政赤字の建直しが出来る。交易は荒羽吐の安東水軍が行なうので、幕府は朝廷の意向に反していない。諸藩にも、皇国が行なうことだから、と言い逃れが出来る」

「田沼意次様は、うまいことを考えましたね」

由比進は感心した。

「うむ。万事、うまくいくはずだった。だが、幕府内には、田沼意次様の事実上の開国による商業を重んじる政策に反対する守旧派がいる。彼らは元来の米作りこそ大事とする農本主義の考え方だ。守旧派は、商売に力を入れる田沼意次様のやり方にことごとく反対した」

「その守旧派というのは、どなたなのですか？」

「元白河藩の藩主松平定信様だ。松平定信様は八代将軍吉宗様の孫にあたり、徳川御三卿の田安家の後継者で、徳川家の実力者だ。一時、十代将軍家治様の後継者とも目されていたが、家治様には嫡子の家基様がご健在だったので、陸奥白河藩の養子に出された。松平定信様は、家治様の側用人だった田沼意次様がお嫌いだった」

「どうしてですか？」

「政（まつりごと）についてのお考えが違ったからだ」

「どのように？」

「松平定信様は、開墾などで土地を増やし、なまじ藩の財政を豊かにするような藩政改革の実績があるので、田沼意次様の交易や商売による金儲け政策は人の心を堕落させる賄賂（わいろ）政治だと毛嫌いなさっていた」

作之介はため息をついた。

「たしかに、田沼様の政治では、成金（なりきん）が出たり、取引にからんで賄賂が横行するという悪い側面も目立った。賄賂や袖の下は、いつの世にもあること。ある意味、融通の利（き）かない役人を動かしたり、難しい政を動かす上で、賄賂は潤滑油の役割もある。その意味では必要悪なので一概（いちがい）に責められないがのう」

作之介は腕組みをし、一人納得するようにうなずいた。

賄賂が必要悪？　そんな馬鹿な。

由比進は心の中で反発したが、口には出さなかった。大人の世界には、まだ分からないことが多くある。

「松平定信様は、北の皇国創りには反対だったのですね」

「さよう。田沼意次様は家重様から老中に取り立てられると、松平定信様一派を守旧派として無視し、反対を押して蝦夷地開拓を名目にして、北の皇国創りに力を入れたのだ。次の将軍家治様も田沼意次様を支持したので、松平定信様たちも公然とは反対出来なかった。だから、密かに田沼意次様たちの目論見の足を引っ張る手に出た。つまり、刺客を津軽に送り、安日皇子の暗殺を試みたり、皇子の支援者たちを闇に葬ることだったのだ」

由比進は納得した。

「そういうことで、祖父谺仙之助様や寒九郎の話が出て来るのですね」

「そうなのだ」

「ところで、父上がお家の大事と申されたのは、何だったのですか?」

「そのことだ。老中田沼意次様は、権力の足場を固めるため、さらに一手を打たれたのだ」

「どのような?」

「息子の意知様を若年寄に格上げされた」

「若年寄ですか」

由比進は、それにどういう意味があるのか、理解出来なかった。

「いいかな、若年寄は老中に次ぐ要職だ。若年寄は将軍様のお膝元の旗本や御家人を統括する。さらに若年寄は将軍様の使い番として、地方の天領を管轄する遠国奉行を監視し、支配下に置く。田沼様親子が、老中と若年寄を押さえれば、事実上幕府は意のままに動かせる。誰にも文句をいわせない巨大な権力者になる」

作之介はため息をついた。

なるほど、そういう意図があっての人事なのか。

「わしは老中田沼意次様から引き続き、若年寄意知様の用人になってくれぬか、といわれたのだ」

「それで、父上はお引き受けなさったのですか？」

「わしは迷った。もし、お引き受けすれば、反田沼派筆頭の大目付松平貞親様、ひいては松平定信様から疎まれることになる」

作之介は腕組みをし、虚空を睨んだ。

「お断わりすれば、いまや飛ぶ鳥を落とす勢いの老中田沼意次様から睨まれる。せっかく加増になった扶持もお返しせねばなるまい。いや、扶持を返すことは惜しくないのだが、一度田沼派に与した者と思われており、辞めれば、反田沼派から、それ見たことか、と貶められる。田沼派の要路からも裏切り者と見られて、冷たく処遇されることだろう。退くべきか、進むべきか？」

「父上は田沼意次様を信頼して支持なさるおつもりなのか、それとも田沼意次様の支持をおやめになるつもりなのか？　それによって決まるのではございませぬか」

由比進は父作之介が「お家の大事」といった意味がよく分かった。要するに、万が一老中田沼意次が松平定信との権力争いに負けたら、武田家も一蓮托生で滅亡するか、それとも時流には乗らず、ここで下りて元の倹しい生活に戻るか、その岐路に立って父は迷っていたのだ。

おそらく、千石に加増され、これまでの一族郎党のみならず、新しく雇った武家奉公人やその家族の将来をも左右する選択をせねばならなくなり、どうするべきか、苦悩しているのだろう、と由比進は推察した。

「父上、それがしならば、情に流されず、義を貫いて生きたいと思います。義を貫くのなら、我ら家族、一族郎党は、お父上がどのような決定をなさってもついて参るでしょう」

由比進は、祖父鏑仙之助の生き方を思った。仙之助は自分の信じる義に生きた。安日皇子を奉じてアラハバキ国を創ることに命を懸けた。その仙之助を信じて、義理の息子鹿取真之助も娘の菊恵も、そして孫寒九郎も、仙之助を信じて後に続いた。父にも、そうした決断の道を選んでほしい、と思うのだった。

「よくぞ申した。嫡子である由比進がそう申すのであれば、それがしも安心して、老中田沼意次様を信じてついて行くことを決心しよう。田沼意次様とは、一蓮托生だ」

「その意気にございます」

「そうと決まれば、話は早い。もう一つのお家の大事がある」

作之介は笑顔になった。

「奥、そんな寒いところに控えておらず、中に入って参れ」

「はい。旦那様」

襖が開き、母早苗が部屋に入って来た。母は襖を閉じ、父に向き直り、三つ指をついてお辞儀をした。

「話は聞いておったろう?」

「はい。申し訳ございませぬ」

「よいよい。奥にもいずれ、話さねばならぬことだった。廊下は冷えたろう。もっとこちらに寄って、火鉢の炭火にあたりなさい」

「はい」

母は父の傍の火鉢に寄り、悴（かじか）んだ両手をかざした。

由比進は恐る恐る訊いた。

「もう一つのお家の大事とは、一体何でございますか？」

「由比進、おぬしの嫁とりの話だ」

「それがしの？」

由比進は意外な話に驚いた。

「さっきも仲人（なこうど）の方が御出でになられたのだが、西辺家から、しきりにおぬしに嫁をという申し入れがあった」

「西辺猪右衛門様の娘子でございますか？」

由比進は、顔を赤らめた。

もしかして、綾殿のことか？　由比進は胸の鼓動が高鳴るのを感じた。

「西辺猪右衛門殿から娘の綾をおぬしの嫁として貰ってくれぬか、と何度も申し入れがあったのだ」

「そうよ、由比進、綾さんならあなたも小さいころから親しかったでしょう」

母の早苗も乗り気だった。

綾か。

由比進は勝ち気そうな顔の綾を思い出した。器量もいい。愛敬のある丸顔だが、姿形が美しく、人目を惹く。魅力に満ちた女子だ。

だから、明徳道場の中には、七百石の大身旗本大内左内の総領大内真兵衛をはじめ、江上剛介や宮原上衛門も密かに思いを寄せていた。考えてみれば、仲間の中堂劉之進や荻生田一臣も、綾への思いを由比進に洩らしたことがある。

西辺猪右衛門は、扶持二百五十石の馬廻り組組頭である。武田作之介が田沼意次様に見込まれて、千石に加増されたことから、西辺猪右衛門はいまのうちに綾を由比進の嫁に送り込み、武田家と縁を結んでおきたい、と思ってのことかも知れない。

肝心の綾本人は、どう思っているのだろうか、と由比進は思った。

ふと寒九郎が綾と仲がよかったのを思い出した。綾も寒九郎が好きだったのではなかったか？

「綾殿は、それがしよりも、寒九郎を慕っていたように思いましたが」

「もし、そうだったとしても、寒九郎には、将来を言い交したお幸がいます」

そうだった。寒九郎には、大吾郎の妹幸がいた。

「わしが西辺猪右衛門殿に返事を迷っていたのは、先程のことがあったからだ。しかし、わしが田沼意次様の世直しを信じ、一蓮托生も辞さないと決意した以上、西辺家の綾殿とおまえの婚姻を進めてもいい、と思う。肝心のおぬしは、綾殿を娶る気持ちはあるのか?」

「………」

　由比進は答に迷った。

　母が優しくいった。

「正直に答えなさい。あなたの一生のことですからね」

「それがし、綾殿を娶ることは望むところです。ですが、やはり綾殿の本心をお聞きしたい。ほかに思いを寄せる人がいたら、それがしと夫婦になっても不幸になりましょう」

「分かりました。綾さんの本心が知りたいとおっしゃるのね。私がお聞きしましょう」

「母上、お待ちください。それがしが、直接に綾殿から聞きます。その上で、正式に結納を交わしたいと思います」

　母は父と顔を見合わせた。父は大きくうなずいた。

「よかろう。由比進、おぬしが綾殿と話し合うのが一番いいだろう。綾殿も、奥に尋ねられれば、遠慮するが、由比進が訊くなら、正直に答えるだろう」

「はい。旦那様」

母は父作之介に素直に従った。

由比進は腕組みをし、自分の本当の気持ちを探った。己れは綾を妻にするほど好きか。綾と一緒になって後悔することはないか。綾を思うと、己れが心の奥底で綾を思っていたことが分かった。綾と夫婦になれれば、きっと悔いはない。

ただ、一つだけ気掛かりなことはあった。綾が寒九郎を忘れられずにいたら、自分はどうするか？

由比進は、とりあえず、寒九郎のことは頭の中から追いやった。寒九郎は寒九郎、己れは己れ。それぞれ自分の道を進んでいる。

将来のことは誰にも分からない。なるようになる。それだけのこと。

由比進は父と母にお休みなさいといい、寝間に帰った。蒲団に包(くる)まってまもなく、由比進は疲れもあって、睡魔に襲われ、深い夢の中に落ちていった。

夢の中で、寒九郎が雪の斜面を転がるように滑っていた。雪に塗(まみ)れ、雪達磨(だるま)になった寒九郎が楽しそうに笑っていた。

三

閉めきった雨戸の外に、しんしんと降る雪の気配があった。どこからか、冴え渡る拍子木の音が聞こえてくる。

津軽藩筆頭家老津軽親高は分厚い掻巻に包まり、かんかんに火を熾した火鉢にあたっていた。

座敷の下座には、中老桑田一之進が畏まって控えていた。

「桑田、もっと近う寄れ。わしは耳が遠い。おぬしの話がよう聞き取れぬ」

「はい。さようでございますが」

桑田一之進は寒いのに、額に汗をかいていた。桑田は失態を問われるのを恐れていた。

「遠慮するな。それに、そこは寒いであろう。火鉢にあたって、話を聞かせてくれ」

「はい。それがし、懐炉を持っておりますゆえ、大丈夫でございます」

「わしは耳が遠いと申したろうが」

津軽親高は癇癪を起こしそうだった。桑田一之進は、慌てて膝行し、津軽親高が手をかざしている火鉢の傍に寄った。

「壁に耳あり、障子に目ありだ。おぬしも、用心しておるか」

「は、はい」

何に用心しろとおっしゃるのか、桑田は怪訝に思った。

「どうも、江戸も次席家老も、信用ならぬ」

「はい」

「江戸も大道寺も、わしを罠にはめて、自分たちの意のままにしようと企んでいるように思えてならんのだ」

「御家老様のご心配、それがし、よう分かり申します」

「うむ。頼りになるのは中老のおまえぐらいなものだ」

桑田一之進は、頼りにされている、といわれて、ほっと安堵した。

急な夜の呼び出しだったので、桑田はてっきり、何かの失態を突かれて、厳しい譴責を受けるのではないかと、内心、びくびくしていたのだ。

「まず、信用ならぬのは、おまえが屋敷に預かっている鉤手組の連中だ。いま、あやつら何をしている?」

「はい、日がな一日、座敷で酒を食らっては、何もせず、ただごろごろと遊んでおります」

「いくら、大目付松平貞親から預けられたとはいえ、ただの居候ではないか。あやつら、何をしようとしておる？」

「実は、何を訊いても、屋敷の主人である拙者にも内緒だと申すのでござる。すっかり、それがしを蔑ろにし、まるで己れたちの屋敷であるかのように振る舞い、女中や下女、下男にあれこれ指図をする始末。いやはや、あのような不逞の輩だとは存じませんでした」

「そうだろう？　いくら物頭の鹿取真之助たち一派を始末するにしても、あんな連中の手を借りなくてもよかったのではないか。藩内のことは藩内でことを収めればよかったのだ。それを、次席家老の口車に乗せられ、江戸者の刺客を呼び寄せたのが間違いの元だった」

「さようでございますな。それがしも、やつらに鹿取真之助を討ち取らせたため、余計な恨みを買いました。一時は鹿取真之助の倅寒九郎に襲われ、あわや討たれかけ、どうにか斬り抜けて助かったこともありました」

　桑田は寒九郎に締め上げられ、命乞いしたことなどには口を噤んだ。まして、鈎手組の五人の名前をいわされたことなどいえたことではない。

「さようか。それは災難だったな」

津軽親高はにやっと笑った。

「噂に聞いたぞ。寒九郎に馬を奪われたそうではないか」

「はあ。しかし、あの馬、出来が悪く、すぐ飼い主を噛む、根性の悪い馬でして。もともと鹿取家に飼われていた馬でござった。主人がいなくなったので、屠殺に回されかけたのを、それがしが引き取り、我が家で可愛がっておったのですが、恩知らずな馬でござった。元の飼い主が引き取ってくれて、せいせいいたしております」

桑田は咳払いをし、己れを正当化した。

「それよりも、御家老様、あの鈎手組でござるが、いまも引き続き、寒九郎を狙っておるようなのです」

「ほう。なのに、おぬしの屋敷で油を売っているのか?」

「細作の話では寒九郎たちは白神山地に籠もったそうなのです。春まで出て来ない。雪が積もった白神山地に、こちらから出掛けるつもりはないそうなのです。それよりも、いまは療養して、寒九郎から受けた怪我をじっくりと治す。春になれば、寒九郎は必ず里に出て来る。それまで待とうということらしいです」

「さようか。しかし、彼らは鹿取真之助、谺仙之助亡きあとも、なぜに、執拗に寒九郎を狙っているのだ？」

「それには、少々込み入った話がございます」

桑田は話の矛先が、鈎手組に向けられたので、ほっとした。

鈎手組は、筆頭家老と桑田が名付けた名前だった。頭（かしら）の男の額に鈎手の刺青がしてあったことから、刺客たちの名前をそう呼んだのだった。

「あの鈎手組の頭、雲霧市衛門（くもきりいちえもん）と申しておりますが、それがしが、江戸屋敷の密偵に調べさせたところ、雲霧市衛門は江戸者ではないと分かりました。しかも、公儀隠密でもないとも」

「江戸者ではない。それに公儀隠密でもない？　では、何者なのだ？」

「大目付松平貞親様の子飼いの刺客です。しかも、どうやら、もともとは陸奥のエミシではないか、というのでござる」

「なに、陸奥のエミシだと？」

「はい。雲霧の苗字の雲も、蜘蛛（くも）を示すのではないかというのでございます」

津軽親高は小首を傾げた。

「いったい、どういうことなのだ？」

「昔から陸奥に棲んでいたという土（つち）蜘蛛一族の末裔（まつえい）ではないか、というのです」

「土蜘蛛一族、どこかで聞いたことがあるな」

「はい。昔、大和朝廷に従わず、反旗を翻したエミシ一族です。征夷大将軍の軍勢によって、土蜘蛛一族は、いったんは滅ぼされました。だが、その末裔が、土雲と名乗って細々と陸奥の地に生き続けていたそうなのです」

「ほう、それで」

「土雲一族は、先代の安日皇子の許に馳せ参じた。そして先代の安日皇子を奉じて、ツガルにアラハバキ皇国再興を策した」

「その先代の安日皇子を暗殺したのは、幕府が派遣した谺仙之助ではなかったのか」

津軽親高は声をひそめていった。

「さようで。その時、安日皇子を護衛していたのが土雲たちだったのです。谺仙之助は、安日皇子を暗殺するため、谺一刀流を揮い、護衛役の土雲たちをことごとく斬った」

「ことごとくか」

津軽親高はふうむ、と腕を組んだ。

「はい。土雲一族は、長の土雲亜門をはじめ、その嫡子や兄弟まで谺仙之助に殺された。あまつさえ守っていた安日皇子も殺された。生き残った土雲一族の谺仙之助に対する恨みは骨の髄に達するまで深いものになった」

「そうだろうな」

「土雲の生き残りは、谺仙之助やその一族に、終生復讐することを誓った。その証として、頭の雲霧市衛門は、自らの額に鈎手の刺青をしたそうなのです」

「なるほどのう。で、その鈎手は何を意味するのだ？」

「土蜘蛛の神に仇討ちを誓う呪文だとのことです。それを付けていることで、邪魔をする悪鬼を打ち払うことが出来ると信じているそうです」

「なるほど」

「大目付様は、この土雲一族の生き残りである雲霧市衛門に目をつけたのです。雲霧たちを支援して、谺仙之助を始末させようと考えた」

「そういうことか。だが、雲霧たちは、先代安日皇子に味方していた。いまの安日皇子に対しても味方をしているのではないのか？」

「いえ。雲霧市衛門は、いまの安日皇子に谺仙之助やその一族が付いている限り、味方をするつもりはないでしょう。谺仙之助を葬ったのち、その後を継ごうとしている寒九郎に恨みの矛先を向けています」

「ふうむ。では、毒を以て毒を制すか」

「ですから、いましばらくは、それがしの屋敷で、やつらをのんびりさせ、大目付様に恩を売っておきましょう」

中老の桑田はほくそ笑んだ。

筆頭家老津軽親高は、声をひそめていった。

「それはそうと、わしは迷っておるのだ。このまま、幕府の反田沼派の手先になっているのは、どんなものかな、とな」

「と、申されますと?」

「わしのところに、老中田沼意次様からの密書が届いたのだ」

「さようですか。どのような内容の密書でございますか」

「要するに、いままでのことはなかったことにして、手を組まぬかという誘いだ。将軍家治様は田沼意次様の施策に反対する松平定信様にご立腹だ。これ以上、松平定信様が将軍家治様の意向に反して、田沼意次様の足を引っ張るようであれば、しかるべき処断をせざるを得ない」

「しかるべき処断と申されると?」

「それは分からぬ。だが、おおよそ、見当はつこう。幕府の要職から、松平定信派を締め出そうというのだろう。すでに老中田沼意次様は手を打たれたそうな」

「どのような手でござるか？」

「息子の意知殿を、若年寄に引き上げたそうだ」

「意知殿が若年寄に」

桑田は、それが何を意味するのか察知した。

幕閣の中枢である老中と若年寄を田沼親子が押さえることになる。事実上、幕府は田沼親子の支配下になるだろう。

「それはえらいことになりましょうぞ。松平定信様も黙ってはおりますまい。幕府内の反田沼派の勢力は、少なくありませんからな」

「しかしだ。いま、老中田沼意次様は将軍家治様にご寵愛され、絶大なる権力を揮っている。将軍様が後ろについている限り、老中田沼意次様の世は続く」

「なるほど。さようですな」

「このところ、十三湊から続々と交易が盛況だという知らせが入っておる。異国船も出入りしてな。長崎の出島以上の交易がなされ、利益が上がっているとな。その多くは幕府に召し上げられるが、田沼様は分け前として、藩に入れるだけでなく、わしの方に分け前の一部を回してもいい、と申されておるのだ。おぬしはどう思う？」

桑田は津軽親高が、いつの間にか、田沼意次様と呼んでいるのに気付いた。津軽親高はすっかり乗り気なのだ、と桑田は踏んだ。

「それは、いい話でござるな」

「であろう？　それで、わしは、どうしようか、と迷っているのだ」

津軽親高は腕組みをし、考え込んだ。

田沼意次は、幕府の反田沼派と筆頭家老津軽親高の間に楔(くさび)を入れようとしている、と桑田は読んだ。

「もし、わしが田沼様の申し出を断れば、田沼様は、おそらく次席家老の大道寺為秀に、声をかけるのではないか」

「そうでございましょうな。藩主津軽親丞様や若手家老の杉山寅之助には、すでに田沼様から話は通じているでしょうから、筆頭家老である津軽親高様がだめだといえば、次は次席家老を籠絡(ろうらく)させようという魂胆でございましょうな」

「そうだろうな。もし、わしが断れば、藩内では、わしだけが守旧派として孤立することになる。ほかは、みな田沼様になびくであろうな」

「そうでございますよ。御家老様、迷う必要はありません。いま時勢に乗り遅れたら、御家老様だけが取り残されましょう。ひいては、御家老派は、反田沼派と見られ、幕府から睨まれましょう」

「そうだな。わしもそう思う。申し出を受けることにしよう」

「しかし、御家老様、田沼様へのお返事は、いかようになさるのでございますか？」

津軽親高は部屋を見回した。

「まもなく公儀隠密が、我が屋敷に訪ねて参る。半蔵という男だ。その男に返事を託せばいい」

「さようでござるか」

桑田一之進は雨戸の外に耳を澄ました。

雪はしんしんと音もなく降り続いている。

だが、かすかに雨戸をとんとんと叩く音が聞こえた。

「参ったようだな」

津軽親高はにんまりと笑った。

やがて雨戸の外から、「津軽親高様」と囁く声がした。

「誰だ？」

津軽親高は声を出して誰何（すいか）した。

「半蔵にございます」

戸外からくぐもった声が聞こえた。

「うむ。待て。いま開ける」

津軽親高は桑田に目配せした。

桑田はさっと立ち上がり、雨戸に寄って閂（かんぬき）を抜き、雨戸を開いた。一陣の白い風が座敷に舞い込んだ。蠟燭の炎が大きく揺れた。

桑田が慌てて雨戸を閉めた。

廊下には白装束姿の男が座っていた。

「半蔵、殿のお返事を頂きに上がりました」

半蔵は低い声でいった。

四

連日、地吹雪が荒れ狂い、寒九郎たちは山小屋の中に閉じ込められていた。

山小屋は、高倉森の村から一山越えて離れた天狗岳の山麓にある。マタギの源太爺が狩りの時に寝泊りするマタギ小屋だ。

山小屋の周囲は堆（うずたか）い雪に埋まり、丸太で組んだ壁の隙間が塞がれ、寒い風は入らなくなった。囲炉裏では、赤々と炎を立てて薪が燃え、小屋の中を暖めている。

外での修行は出来ないので、稽古は休みになり、座学だけになる。大曲兵衛と南部嘉門が語る谺一刀流の極意についての座学は、実際の立合いでの体験を基にしているので、寒九郎には学ぶべき教訓がたくさんあった。その点では、決して退屈するものではないのだが、稽古ではないので、どうしても軀が鈍(なま)ってしまう。

レラ姫に逢いたかったが、寒九郎は谺一刀流の修行中は逢ってはならぬと、自らに言い聞かせた。レラ姫も、寒九郎が谺一刀流を本当に身に付けるまでは逢わないといい、大曲兵衛と南部嘉門に、寒九郎に厳しく修行させるようにといった。

無念無想。

心頭滅却(しんとうめっきゃく)すれば、雪もまた暑し。

寒九郎は大曲兵衛が止めるのも聞かず、一人吹雪の中に飛び出した。気合いをかけ、雪風に向かって、木刀を振り回したが、たちまち手足の指が悴(かじか)んで、すぐに稽古はやめにした。

大曲兵衛と南部嘉門は、その様子を木戸の外に出て、にやにやしながら見ていたが、

「もういいだろう。小屋に入れ。中でも、鍛練は出来る」

寒九郎は寒さに凍えながら、小屋に戻った。

仕方なく、小屋の中で腕立て伏せをしたり、両足を大曲兵衛や南部嘉門に押さえて

もらい、上半身を倒したり起こしたりして、腹の筋肉を鍛えた。梁(はり)にぶら下がり、何度も懸垂をして、腕の筋肉も鍛えた。

外に吹雪が吹き荒れる夜、南部嘉門が乾(ほ)し鹿肉を囲炉裏の火でかざしながら、白い陶器の徳利を床下から取り出した。

「こんな時もあろうと思うて、ウッカがわしらのために差し入れてくれた」

「さすが、村長ですな。ありがたい」

大曲兵衛が嬉しそうに笑い、三個の湯呑み茶碗を囲炉裏端に置いた。

「寒九郎殿も、いけるのだろう?」

「はい。少々なら」

寒九郎は頭を掻いた。

津軽岬の隠し砦で濁酒を飲みすぎ、思わぬ夜を過ごした。その時のレラ姫とのことが頭に過(よぎ)ったのだった。

嘉門は三つの湯呑み茶碗にどくどくと白濁した酒を注いだ。兵衛が刀子でいぶりがっこを輪切りにし、皿に並べた。

「師匠も吹雪で修行が出来ぬ日の夜は、好物のいぶりがっこを食しながら酒を飲んだものだった」

「さようさよう。それが吹雪の夜の楽しみでござった」

兵衛がいい、湯呑みを捧げ、目を閉じた。

「まずは、師匠の冥福をお祈りして」

嘉門と寒九郎も、湯呑みを捧げた。

しばらく三人は黙禱した。やがて嘉門が湯呑みを下ろし、兵衛と寒九郎も湯呑みを下ろした。

「師匠がおられたらなあ。こうして好物を食べながら、いろいろとお話ししたのだが……」

「いかにもいかにも」

嘉門と兵衛はいぶりがっこを嚙り、湯呑み茶碗の濁酒を飲んだ。寒九郎も二人を真似して、いぶりがっこを嚙り、濁酒を飲む。いぶりがっこの塩味が、甘い濁酒と混じり、口の中にほんわりと拡がっていく。

嘉門が飲みながら、思い出す口調でいった。

「谺仙之助先生にお会いした時の話をお聞かせしようか」

「お願いいたします」

寒九郎は、祖父仙之助がどんな過去を持った人物だったのか、興味を覚えていた。

大曲兵衛は黙って囲炉裏の火に薪をくべ、竹串に刺した鹿の乾し肉を炉端に並べた。

「それがしがお会いしたのは、先生が谺一刀流を開眼したのち、弘前城下の道場で谺一刀流をご披露になられた時でござった」

「ほう。弘前城下で披露したのですか？」

寒九郎は祖父が谺一刀流を他人に披露したという話は初めて聞くことだった。

「当時、津軽藩の指南役だった真貴雄之介様が、先生を高く買っており、藩道場にお招きになり、ぜひ、指南役になってほしい、とお願いしたのです。先生は秋田藩で師範をしていたので固辞なさった。だが、真貴雄之介様のたっての願いで、道場で真貴雄之介様と立ち合い、谺一刀流を披露なさった」

「真貴雄之介様との立合いは、どんなものだったのでござるか？」

嘉門は濁酒を飲み干した。

「実を申せば、それがしは、その立合いを見ておらぬのだ。というのは、まだ、それがし、不遜にも谺仙之助様に立合いを申し込み、谺一刀流を破ってやろうとしていた、世間知らずの若造だった」

「そういう時代でしたな。生意気にも、それがしもそうだった」

兵衛もうなずいた。嘉門が徳利を傾け、寒九郎と兵衛の湯呑みに注ぎ、その後、自分の湯呑みにも注いだ。

「津軽藩指南役の真貴雄之介様といえば、陸奥では名高い剣客でござった。流派は柳生新陰流でしてな。真貴雄之介様が江戸へ出たら、おそらく江戸でも五指に入る剣豪になっていただろうといわれていた。だが、臓腑に不治の持病をお持ちだったので、真貴雄之介様は津軽藩の指南役を先生に譲りたかったのでござろう」

「立合いの結果は？」

寒九郎は祖父仙之助が勝っただろう、と思いながらも尋ねた。

「それが、それがしが聞いた話では、先生が仕合いの途中で、はっと飛び退き、木刀を背にして仕合いを止め、参りましたと真貴雄之介様に頭を下げたのだそうだ」

「では、谺一刀流は破れたのか？」

意外なことに、寒九郎は驚いた。

「真貴雄之介様も驚き、まだまだと仕合いの続行を促した。ところが、先生は真貴雄之介様の前に平伏したまま、木刀を取らなかった。そこで判じ役が真貴雄之介様に手を上げようとしたら、今度は真貴雄之介様が木刀を引き、谺先生の前にぱたりと土下座なさった。いやや、お勝ちになったのは谺殿だ、拙者にあらず、と申し上げた」

「どういうことなのです？」

「道場で参観していた者たちも、みんな、訳が分からず騒いだ。そうしたら、平伏していた真貴雄之介様の襷にしていた下緒が切れて、はらりと床に落ちたというのです」

「下緒が切れた？」

「下緒が切れるというのは、真剣ならともかく、木刀ではほぼありえぬこと。それを先生は、真貴雄之介様も気付かずぬうちに、木刀の切っ先で襷掛けしていた刀の下緒をお切りになった。さらに下緒の下の生地も切れていた。それに気付いた真貴雄之介様は、潔く自らの敗北を認めて、土下座なさったのです」

さすがだ、と寒九郎は心に思った。祖父といい、真貴雄之介様といい、剣客たる者、かくあるべしという闘い方だ。

嘉門はため息をついた。

「それがし、その話を聞き、谺仙之助先生に弟子入りをお願いしたのです」

「それがしも、そうだった」

兵衛も同調していった。嘉門はうなずいて続けた。

「ところが、先生から、あっさりと入門を断られました」

「断られた？」

「さよう。弟子を取るつもりはない、と。それでも、それがしは、先生のお宅に押し掛け、弟子入りを懇願したのです。無理やり、奥様に取り入り、ご懐妊なさった奥様に代わって、先生の身の回りのお世話をしたり、お嬢様のお世話をさせていただいたり、と。先生は、はじめ迷惑そうな顔をしていましたが、そのうち諦められたご様子になり、いつの間にか、それがしは内弟子にさせてもらった次第です」

兵衛も笑いながらいった。

「それがしも、嘉門同様、押し掛け弟子となって、先生のお宅に転がり込んだようなものでござった」

嘉門がいった。

「あのころ、先生は御上から密命を受けていて、それを果たさなければならない、とおっしゃっていた。先生は弟子を取ることなんぞ、お考えにもなかったろう、と思う」

乾し鹿肉の焼ける香ばしい匂いが煙とともに漂っていた。

「わしらが、勝手に押し掛けて、弟子になったわけですからな」

兵衛は、そういいながら、焼けた鹿肉の串を取り上げた。

「おう、うまそうに焼けたな」

兵衛は鹿肉の串を一本ずつ、寒九郎と嘉門の前の皿に分けた。最後に自分の皿にも載せた。

「その密命というのが、先代の安日皇子の暗殺ですか？」

寒九郎は、二人に訊いた。

嘉門は鹿肉を齧り（かじ）ながら、うなずいた。

「先生は、そのころ、大いにお悩みになられていた」

兵衛も鹿肉を食い千切りながらいった。

「そうだった。誰を殺るのかは、我々に告げなかったが、ツガルの半島に赴き（おもむき）、密命を果たすとはおっしゃっていた。だが、まさかアラハバキの安日皇子の御命を狙うとは思いもよりませんでしたな」

「まったく。我らも、あとでそう聞いて、まさか、そんなことはと信じられなかった」

「お二人は、なぜ、祖父に付いて行かなかったのですか？」

寒九郎は鹿肉にかぶりつきながら訊いた。

弟子なら普通、どこへでも、師に付いて行くのではないのか？

嘉門が答えた。

「付いて行こうとしたら、先生は我々二人にお命じになった。もしかすると、自分は生きて戻れないかも知れない。美雪様とお嬢様を　ぜひとも、先生の代わりに守ってほしい、とおっしゃられた」

兵衛もいった。

「さよう。せめて我らのどちらか一人を同行させてほしい、とお願いした。だが、先生は駄目だと頑（かたく）なに拒否なさった。もし、先生のいうことが聞けず、付いて来るなら、破門すると申された」

「そして、先生は津軽藩指南役の真貴雄之介様に、我々のことを、道場の師範代に推薦してくださった」

「それで、我々は師範代として道場で門弟たちを指導しながら、給金をいただき、美雪様とお嬢様たちをお守りしたのです」

「そうでしたか。そして、祖父は密命を果たして戻って来たのですね」

嘉門はうなずいた。

「およそ一年と半年ほど、先生は音信不通のまま、生死不明でした。我々は、先生はきっとお帰りになると信じて、ご家族をお守りしていた。ですが、その間、留守宅を窺う、怪しい者たちがいて、我々は先生の身に何か起こっているのではないか、と心配したのだが、奥方の美雪様は、肚の据わったお方で、少しも動じず、大丈夫です、主人は必ず無事に帰って来ますと不安を訴えなかった」

「さよう。そうでござった。何も知らせがないのが、無事だという証拠と申されておられた」

兵衛が相槌を打ち、串から焼けた肉を食い千切った。

ふと寒九郎は、一番弟子を名乗っていた神崎仁衛門を思い出した。

兵衛が笑った。

「ああ、神崎仁衛門殿ですか。論外です」

「論外？」

「彼も押し掛け弟子でした。我々よりも早かったので、一番弟子を自称していましたが、先生は弟子としてお認めにならなかった」

嘉門が兵衛のあとを続けた。

「彼は先生の稽古する姿をこっそりと盗み見て、技を覚えた。先生にそう申し上げると、先生がどれ、見せろといい、神崎仁衛門殿を相手に稽古をした。いずれも、間違って技を覚えていたので、先生は笑いながら、手ほどきして直した。それ以来、神崎仁衛門殿は、一番弟子を吹聴して回った」

「ほほう」

「神崎殿は大酒飲みで、稽古が終わると町の酒場に出て、酒を飲んでは大暴れした。先生は何度も謹慎を命じたが、しばらくは謹慎していても、すぐに元の木阿弥になる。そして、ある日、神崎殿は酒場で女をめぐって争い、相手を殺傷した。怒った先生は、神崎仁衛門殿を破門し、追い出したのです」

「それから、のちのことは、知りません」

兵衛がいった。寒九郎は、その神崎仁衛門が、やはり殺されたことを告げた。

「そうでござったか」

兵衛も嘉門も何もいわずに濁酒を飲んだ。

吹雪の風が山小屋を揺るがした。山小屋はみしみしと軋んだ。屋根裏から、ぱらぱらと雪片が落ちてきた。

三人は屋根裏を見上げた。

「風が止んだら、屋根を直さねばなりますまい」

「だいぶガタが来ているものな」

兵衛と嘉門は、ぼそぼそと呟いた。

「祖父が帰った時の様子は、どうでしたか?」

寒九郎は焼肉の一切れを頬張った。肉にすり込んだ塩の味が舌の上に拡がった。薬罐の白湯を空いた湯呑みに注いで飲んだ。

「それはたいへんでござった。先生はげっそりと頬がこけ、痩せ細って、別人のようにやつれておられた」

「そうでござった。誰か刺客に狙われておられるかのように、始終、ぴりぴりと神経を高ぶらせておられた。少しでも物音がすると、大刀に手を伸ばし、周囲に気を配っておられた」

「一度ならず、夜中に寝床から飛び起き、寝所を飛び出して、闇夜の中で、一人剣を振り回したりしておられた」

「誰もいなかったのですか？」

寒九郎は訝った。嘉門がうなずいた。

「それがしも、慌てて刀を手に先生を追って飛び出したのですが、誰もおりませなんだ」

兵衛も同調した。

「わしも、すわ敵の刺客が襲って来たか、と刀を抜いて、先生のあとを追ったのですが、闇夜の中、先生はまるで見えない相手と斬り合っているかのようだった。一人、真剣を振り回しておられました」

「それがしも、先生は気が狂ったのではないか、と思った。あとで先生に恐る恐る前夜のことをお尋ねしたら、やはりおぬしらには見えなかったか、とため息をつかれたのを覚えておる」

嘉門は腕組みをした。

「それがしは、その時、こう思った。先生は、密命を果たされたが、斬った相手の亡霊に悩まされておるのではないか、とな」

兵衛が寒九郎にいった。

「うむ。拙者もお訊きしたのだが、安日皇子様には、腕利きのアラハバキ族の護衛たちがいた。先生は彼らと斬り合いになり、大勢を倒したといっていた。だが、あとで先生自身がアラハバキの血を引いていることを知り、同胞たちを大勢殺めたとは、なんという大罪を犯したのかと嘆いておられた。そして、毎夜、夢に安日皇子様や同胞たちの亡霊が現われると申されていた」

寒九郎は濁酒を飲みながら、祖父は相当に、お悩みになっていたのだな、と思うのだった。

嘉門が続けた。

「そういうこともあって、先生は殺めた安日皇子様には嫡子の男子がおられると知り、死ぬ覚悟をなさり、わざわざ夷島まで乗り込んだのです。そして、アラハバキの村に行き、先代の安日皇子の奥方様や一族の人たちの前に土下座して、自身もアラハバキであることを告白し、死をもってお詫びいたす、と腹を切ろうとなさった」

「その時は、お二人は同行なさったのですね」

嘉門はうなずいた。

「はい。先生は腹を切ったら、我々に介錯してくれと命じたのです」

「我々は死ぬのはやめてくだされ、と先生に懇願したのですが、聞き入れてくれませんでした」

兵衛が付け加えた。

寒九郎は濁酒をごくりと音を立てて飲んだ。

「そうしたら?」

「安日皇子様の奥方の美しい沙羅様が立ち上がり、先生の許に歩み寄り、先生の御手を押さえ、『許します。死んではなりませぬ』と刀をそっとお取り上げなされたのです」

沙羅は仙之助に優しくほほ笑み、

「あなたがいま死んでも、安日皇子は喜びません。安日皇子は、私たちアラハバキ族の罪を背負って一人死んだのです。あなたは神に導かれて、神の子安日皇子を殺めたのです。あなたが悪いわけではありません。だから、自分を責めて死んではいけません。もし、あなたに本当に罪を償うお気持ちがあるならば、生きて安日皇子の遺志を御継ぎなさい。そうすれば、安日皇子の魂も、あなたの魂もきっと救われます」

と諭した。

仙之助は沙羅の足許にすがりつき、号泣した。大曲兵衛と南部嘉門は、一緒に仙之助の後ろに控えて平伏し、沙羅の諭しの言葉を聞いていた。

沙羅は号泣する仙之助の頭を、まるで泣きじゃくる幼児をあやすように、優しく撫で続けた。その姿は美しく、まるで慈愛に溢れた観世音菩薩様のようだった。

そのうちに、後ろから一人の男の子が沙羅に駆け寄った。沙羅は、その男の子に何事かを囁いた。

すると、男の子は泣きじゃくる仙之助に近寄り、沙羅に替わって頭を撫でながら、何事かをアラハバキ語でいった。

仙之助は、はっと泣き止み、御子の軀にすがり、またおいおいと泣いた。そして、大声で、沙羅にいった。

「御子様を新たな安日皇子様として奉り、終生お守りし、アラハバキ皇国建国のために尽力いたします」

沙羅は御子を抱き上げ、優しくうなずいた。

「それでいいのです。私があなたの罪を許します。きっと安日皇子も天から、あなたのことを御覧になっておられるでしょう」

「ありがたきお言葉に心から感謝申し上げます」

仙之助は再び沙羅の前に土下座して平伏した。大曲兵衛も南部嘉門も急いで平伏した。

「皆の者、いいですね。谺仙之助殿に手出ししてはいけません。今後は仙之助殿を我が同胞として、私たちの村に迎えます」

沙羅が村の衆に大声で諭すように宣した。

「その時でござった。数人の男たちが憤然として立ち上がり、沙羅様に一礼すると、踵を返し、村から出て行ったのです」

南部嘉門がいった。大曲兵衛が補足した。

「彼らは安日皇子様を護衛していた男たちの生き残りでした。彼らは、どうしても沙羅様に承服出来ず、沙羅様と訣別し、村から出て行ったのです」

「彼らは、その後、どうしたのです?」

寒九郎は、もしや、と訝った。

大曲兵衛がうなずいた。

「彼らは、終生、先生のお命を付け狙ったのです」

「もしや、祖父上を毒矢で射った輩は、沙羅様と訣別した元の護衛たちだった?」

「そうです。彼らは先生を殺める誓いを立て、額に呪いの鈎手の刺青をしたのです」

「鈎手の刺青の男たちは、父上や母上を殺め、祖父上を殺めた。さらに今度は、それがしの命をも狙っているのは、なぜ、なのだ?」

「彼らの誓いは谺仙之助先生の血統を根絶やしにするというものです。だから、寒九郎殿のお命をも狙うのです」

「そうだったか」

寒九郎はようやく合点がいった。

話に夢中になっているうちに、いつの間にか外は静まっていた。吹雪が止んだらしい。

嘉門は黙って徳利の残りの濁酒を、三人に均等に分けて注いだ。

寒九郎は微酔いになり、沙羅様はどのような御方だったのだろう、と思った。沙羅様はレラ姫の祖母にあたる方だ。

「祖父上をお許しくださった沙羅様は、いまも御存命なのだろうか？」

「沙羅様は、夷島のアラハバキたちの畏れ多くもカムイに仕える大巫女様。もし、お亡くなりになっていたら、ツガルのアラハバキ族も大騒ぎになりましょう」

ならば、ぜひ、沙羅様にお会いしたいものだ、と寒九郎は思いながら濁酒を飲んだ。

小屋の外で、獣たちの動く気配がした。寒九郎は聞き耳を立てた。獣たちは静かに立ち去って行く。

「オオカミですな」

嘉門が湯呑みを空けながらいった。

兵衛もうなずいて笑った。

「オオカミたちが、吹雪を避けるため、小屋の陰に潜んでおったのでござろう」

嘉門が背伸びをしながらいった。

「寒九郎殿、明日は、きっと晴れますぞ。いい稽古日和になりましょう」

五

翌朝、外に出ると空はからりと晴れ上がり、抜けるように清んだ青空が拡がっていた。格好の稽古日和である。

寒九郎は大きく背伸びをした。寒九郎は、昨夜の濁酒が効いて、朝寝をしてしまった。

早起きの兵衛と嘉門の姿はなかった。二人のカンジキの跡が、山小屋の裏手に続いていた。後ろの岩山には穴蔵がある。そこに何かを取りに行ったのだろう。

あたりは一面、銀色の雪景色だった。吹雪が何日も吹き荒れたので、雪面は風に吹かれて、綺麗に掃除されていた。

嘉門がいっていたように、山小屋の陰には、吹き溜まりの雪が積もっていて、小屋と雪山が格好の風避けになっていた。その周辺の雪面には狼の足跡が無数についていた。

やがて、裏手の岩山から、二人の姿が現われた。二人は一人乗りの橇を三台、綱で引いて来た。マタギの源太爺が、三人たちのために、冬が来る前に、太い竹を切って作ったものだった。

「では、さっそくに橇の滑り方を教える」

嘉門がいい、急傾斜の坂の上に橇を引いていった。兵衛と寒九郎が、橇を引いて、嘉門のあとに続いた。

三人は丘の上に三台の橇を並べた。嘉門が手本として、橇に腰を下ろした。

橇といっても、半分に割った竹二本を並べ、その上に腰を下ろすための板を打ち付けただけの簡単な作りだった。竹の先は火で焼いて丸く曲げてある。雪に埋もれぬ工夫だ。人は板の上に尻を乗せ、両足を前に出して、橇を操縦する。

寒九郎は、子どものころ似たような橇を作って乗っていたので、扱いはお手の物だったが、一応、先輩たちの顔を立てて黙っていた。

「参るぞ」

嘉門は両足で橇の脇の雪面を蹴り、坂に乗り出した。両足を突き出し、猛然と雪煙を上げて、急斜面を滑り下りはじめた。新雪なので、雪は深く、さらさらと滑りやすい。

途中で橇の勢いが付き過ぎたのか、向きを変えたかと思うと、大きな雪煙を上げて止まった。雪煙が納まると、雪に半ば埋まった嘉門が手を振っていた。

「ははは。寒九郎、あれは、足さばきがまずかったからだ。いいか。拙者のようにやれ」

今度は兵衛が勢いよく滑りはじめた。両足を前に突き出し、雪を掻き分ける。濛々と雪煙が上がり出した。兵衛の雪煙は、嘉門の脇に止まろうとして、急に方向を変えたため、ごろりと横転して止まった。

兵衛は雪に投げ出され、雪の中でもがいている。

「兵衛、わしを笑ったバチがあたったんだ。ははは」

嘉門が笑いながら兵衛を助け起こそうと近寄った。だが、嘉門もずぶりと足が雪の中に埋まり、足が抜けなくなった。

「おーい、寒九郎。カンジキとベラを持って来てくれ」

兵衛が怒鳴った。

寒九郎は、急いで小屋に取って返し、三人分のカンジキとマタギベラを肩に背負い、橇に戻った。

「いま、参りますぞ」

寒九郎は橇に跨(また)がった。丘の上で数歩、両足を掻き、沢に落ち込むような急斜面に橇を出した。

兵衛と嘉門が斜面の途中で、雪に埋もれ、手を振っている。

寒九郎は足で雪面を蹴り、橇で急な斜面を滑りはじめた。熊の雪滑りで急傾斜を何度も滑っているので、恐さはない。

その時、ふと下の沢で何かがきらりと光ったのに気付いた。

沢のあたりで、数人の人影が揉み合っている。斬り合いか？　刀の刃の光か？

二人の人影の周りを何人もの雪の塊が取り囲んでいる。二人の人影は、互いに背を合わせ、目の前の雪の塊に木の枝を振るっている。雪の塊に見えたのは白装束姿の人影だった。白装束たちは、手に刀を構えていた。

「レラ姫、草間」

二人の姿格好から、レラ姫と草間大介と分かった。二人ともカンジキを履いているので、動きが思うように取れない。

対する白装束たちは、竹ベラのような雪駄(せった)を履き、動きが滑らかだった。

「おのれ、何やつ！」

寒九郎は沢に向かって怒鳴りながら、直滑降で突進しはじめた。猛然と背後に雪煙が舞い上がるのを感じた。

見る見るうちに、嘉門と兵衛の姿が迫った。寒九郎は背のカンジキとマタギベラに手を伸ばして摑んだ。

「寒九郎、止まれ止まれ」

兵衛が両手を拡げた。嘉門も手を振っている。

「御免、先を急ぐ」

猛然と二人の前を通過する。と同時に、寒九郎は二人のカンジキとマタギベラを兵衛に放った。

「沢でレラ姫が危ない！」

寒九郎は通り過ぎながら、後ろに怒鳴った。そのまま速度を緩めず沢に突進した。

「待て待てい。それがしが相手だ！」

寒九郎は声を限りに怒鳴った。

白装束たちは、突進して来る寒九郎の橇に気付いた。レラ姫たちから離れ、一斉に横に拡がって、白刃を立てた。陽光を反射した刀の光が寒九郎の目を射た。

寒九郎は構わず、最後の傾斜の出っ張りを橇ごと跳んだ。宙を飛びながら、寒九郎はマタギベラを握り、橇ごと白装束たちに突っ込んだ。

白装束たちは、橇を避けようと左右に飛び退こうとしたが間に合わなかった。

寒九郎は橇で白装束二人を跳ねとばし、己れも雪の中に転がった。

「寒九郎!」

レラ姫の声が聞こえた。寒九郎はマタギベラを使って、雪の上に身を起こした。

近くにいた白装束が白刃を構えて、滑り寄って来る。白装束たちは、短い竹の雪駄を履き、それを滑らせながら、迫って来る。

「おのれら、何者だ」

寒九郎は怒鳴り、あたりの雪をベラで削り、雪の塊を白装束の顔に浴びせた。白装束は少しもひるまず、裂帛(れっぱく)の気合いもろとも、寒九郎に刀を振り下ろした。

だが、腰が入っていない。寒九郎はベラで軽く刀を弾き飛ばした。白装束は勢いあまって寒九郎の前に転がった。

寒九郎はすかさず木のマタギベラを白装束の頭上に叩き込んだ。

続いてもう一人が、刀を水平にして、寒九郎に突き入れようと突進して来た。寒九郎は目の前に転がった白装束の刀を拾い上げる。と同時に、その刀を上に向かって斬り上げた。

突進して来た白装束の胸を刀が斬り上げていた。一瞬、真っ赤な鮮血が噴き出し、雪面を赤く染めた。白装束は雪に頭から突っ込んで、動かなくなった。

寒九郎は周囲を見回した。雪面に白装束を着た男たちが、もそもそ動き回っている。

いずれも無言のまま、刃を掲げ、寒九郎に寄って来る。

カンジキを履いたレラ姫と草間大介が寒九郎のところに寄って来た。

草間は、斬られて倒れている白装束の男から刀を奪い、寒九郎の背後を守るようにして立った。

「レラ、怪我は？」

「大したことはない。大丈夫だ」

レラ姫は気丈に答えた。レラ姫は腕のどこかを斬られていた。着ている毛皮が破れ、血が流れていた。

寒九郎はレラ姫にマタギベラを渡した。

「レラ姫たちは、どうしてここに？」

「晴れたので、寒九郎たちに差し入れをしようと油断して、刀は持たずにやって来たのだ」

レラ姫も草間も食物を載せた背負子を背に負っていた。レラ姫の背負子は縄が斬られて荷物がなかった。

草間が大声でいった。

「こやつら、寒九郎様の居場所を探そうと、嗅ぎ回っていた輩でござる。まさか、村に張り込んでいて、我らのあとを付けて来るとは思わなかった」

寒九郎は刀の血糊を雪で拭い、白装束たちにいった。

「卑怯者、名を名乗れ」

白装束たちは何もいわず、いつの間にか寒九郎たち三人の周りを取り囲んでいた。

そこへ、怒声が飛んだ。

急斜面をふたつの雪煙が下ってくる。橇に乗った兵衛と嘉門だった。二人は寒九郎のようには直滑降ではなく、右や左に大きく弧を描きながら、下りてくる。

やがて、兵衛と嘉門は、寒九郎たちの近くに滑り込み、猛然と新雪を舞い上げて止まった。

白装束たちは慌てて飛び退いた。

兵衛と嘉門が、雪に突っ込んだ橇からマタギベラを手に立ち上がった。

「曲者たち、わしらがお相手いたす」

白装束たちは、たじろがなかった。

「ははは。これで役者は全員揃ったわけだな」

白装束たちの中から頭（かしら）らしい男が前に出て、大声でいった。

「おのれ、何者だ」

寒九郎は頭の白装束を睨んだ。

「そんなに名が知りたいか。よかろう。我らは津軽藩の隠密団「卍組」の赤目組。それがしは、赤目組頭領、赤衛門だ」

「赤衛門、なぜ、我らの命を狙う？」

「上意だ」

赤衛門の手がさっと上がった。

白装束たちは包囲を解いた。彼らは赤衛門のところに走り寄った。ざっと見て、三十人はいる。

寒九郎たちは呆気に取られていた。

白装束たちは、赤衛門の左右に広がって、横一列に並んだ。一斉に刀を雪面に突き刺し、背から短弓を下ろした。素早く短弓に短矢を番えた。

毒矢か。

ヤジリにトリカブトの毒を塗り込んだ矢だ。

「おのれ、飛び道具とは卑怯な」

寒九郎はレラ姫を背に隠した。しかし、一矢や二矢は防げても、一斉に射られたら、防ぎようがない。

「散開しろ」

南部嘉門が静かにいった。

散開すれば、敵の的を散らすことになる。

「ははは。無駄だ。観念するのだな、寒九郎、御命頂戴いたす」

赤衛門は笑い、手を頭上に上げた。下ろせば一斉に射って来る。

レラ姫がそっと寒九郎の背に顔を押しつけるのを感じた。

「カムイよ、お助けください」

背後でレラ姫の祈る言葉が聞こえた。

よし、俺が全部矢を受けても、レラ姫をお守りする。

寒九郎は腹を括った。

一瞬、赤衛門の背後から、何か白い影が躍りかかった。

同時に、周りから黒い影が白装束たちに一斉に飛びかかった。あちらこちらで、悲鳴が上がった。白装束たちは刀を振り回し、弓矢を影に向けて射った。

赤衛門は雪面に転がった。赤衛門の上に、巨大な白狼がのしかかっていた。鋭い牙が赤衛門の腕に咬み付いていた。

赤衛門は悲鳴をあげ、刀を奮って、白狼を斬ろうとしていた。

黒い影は狼たちだった。狼の群れが白装束たちを襲っている。

寒九郎たちは、刀を手に身構えた。狼が襲って来たら、斬るしかない。兵衛も嘉門も草間も、狼たちの突然の出現に茫然としていた。

たちまちに雪原のあちらこちらに鮮血が飛び散り、白い雪を赤く染めた。

「退け退け」

赤衛門が白狼からようやく離れて、怒鳴った。そうでなくても、白装束たちは突然の狼たちの攻撃に恐怖にかられ、まったく戦意を失って、それぞれが群れを作り、来た方に逃げて行く。

最後に赤衛門が寒九郎たちを憎々しげに睨んで叫んだ。

「この恨み、必ず晴らす」

そう叫ぶと、赤衛門は白装束たちの殿となって、引き揚げて行った。

巨大な白狼は踏み止まり、頭を低く下げて、寒九郎を睨んだ。左右の目は色が違った。左の目は金色、右の目は銀色に光っている。

寒九郎は刀を構えながら、はっと思い出した。いつか、暗門の一の滝で、見かけた白狼だった。いや、それ以前にも、子どものころ、岩木山の森で出会い、左右の目の色が違う仔犬と遊んだことがある。

周囲に集まって来た狼たちは、牙を剝き、次の獲物として寒九郎たちを狙っている。

だが、狼たちは、ちらちらと白狼の方を見て、襲って来ない。

寒九郎は刀を捨て、白狼に向かっていった。

「白神のカムイ、拙者は鹿取寒九郎。おぬしには、子どものころに会ったな。助けてくれて、ありがとう」

白狼はじっと寒九郎を睨んでいたが、不意に顔を背(そむ)けた。

それを合図に狼たちは、一斉に向きを変え、天狗岳の方角に駆けはじめた。

白狼は、じろりと寒九郎を見、それから、ゆっくりと群れのあとを追って走り出した。

「寒九郎様、レラ姫は斬られております。すぐに村に戻り、手当てをせねば」

草間がいった。寒九郎は背にしなだれかかったレラ姫を、そのまま背負った。

「この橇に乗せろ」

嘉門が橇を雪の中から引きずり出した。寒九郎は背中のレラ姫を橇に座らせた。レラ姫の顔は血の気を失っていた。

「レラ姫、気をしっかり持て。それがしが、ついているぞ」

「寒九郎さま」

レラ姫は寒九郎に抱かれていると分かると、気を失った。

「寒九郎、おまえも一緒に乗れ。わしらが橇を引く」

寒九郎はレラ姫を抱いて橇に乗った。

「さあ、行くぞ」

兵衛が嘉門とともに、橇の縄を引いた。草間がレラ姫の軀を抱いた寒九郎の背を押した。

寒九郎とレラ姫を乗せた橇は猛然と走り出した。

寒九郎は天狗岳の方を見た。

狼たちの群れは尾根に達していた。

やがて、狼たちは尾根を越え、最後に白狼を残して消えた。

白狼は寒九郎たちを見、それから天空に向かって口を細めて、遠吠えを始めた。

遠吠えは雪に閉ざされた谷を越え、山に谺(こだま)した。それは哀しげな啼(な)き声だった。

第四章　真正谺一刀流開眼

一

レラ姫が負った傷は腕だけでなく、左脇腹にも刺し傷があり、それも意外に深かったので、治癒がかなり長引いた。

寒九郎たち三人は修行のため寝泊まりしていたマタギ小屋を出て、高倉森の村に戻った。マタギ小屋は、すでに津軽藩の隠密団「赤目組」の赤目たちに知られている。いつ何時、また赤目たちに襲われるか分からない。その恐れもあって、今度は村の近くの森にある、廃屋となっていた杣小屋を修理し、そこを修行の住まいとした。村に近いので、何かあっても、すぐに村人たちが駆け付けることが出来る。食糧も不足することがない。

何よりも寒九郎たちが嬉しかったのは、稽古のあと、村の秘湯に浸かることが出来るようになったことだった。寒九郎も大曲兵衛、南部嘉門も、どうして、はじめから杣小屋を使わなかったのだろうか、と笑い合った。

その年も暮れて、新年になり、村でのささやかだが正月を迎えるころになって、ようやくレラ姫は元気になり、村の中を歩き回れるようになった。

レラ姫は、よく食べ、よく眠り、めきめきと体力を取り戻した。一月の末には、すっかり元の元気な姫になっていた。

レラ姫は元気になると、谺一刀流を習いたいと言い出し、草間大介と一緒に、大曲兵衛と南部嘉門を相手に稽古を開始した。

その間も寒九郎は、レラ姫たちとは別立てで、谺一刀流の本義となる剣技をつぎつぎに習得していった。

春が迫るにつれ、修行は実戦的になって来た。しかし、まだまだ白神山地は深い雪に閉ざされている。カンジキをつけての樹氷の林の中での立回りは、思うように軀が動かないが、それでもカンジキに慣れるに従い、修行はじめのころに比べれば体を崩さず、何倍もの速さで動き回れるようになった。

大曲兵衛と南部嘉門の指導は、一段と厳しくなり、かつおもしろくなって来た。二人とも、己れが知っていることのすべてを、寒九郎に伝えようと懸命だった。寒九郎も、その二人の熱意に応じようと、必死に習っていた。

谺一刀流の表十段、裏八段は、互いに複雑に絡み合い、独立した技は一つもなかった。

寒九郎は技を習い覚え、身に付けながら、すべてが樹木の幹や枝、根っこ、葉っぱや花、そして実や種と同じであることが分かってきた。それら全体が一つになり、谺一刀流を形作る。そう理解出来るようになった。

谺一刀流の本義は、大地に太く根を張ったブナの大木にあり、その木に宿っている生命そのものである。その木魂(こだま)、木霊(こだま)を己れのものとし、無我の境地に入る。周りの風雨、吹雪、嵐に逆らわず、自然体で受け流す。すべて、木霊の命ずるままに生き、そして、最後は死して朽ち果てる。次の世代の芽を宿しながら。

妙徳院様が盛んに唱えていた朽ち木になる思いが、朧(おぼろ)げではあるが、分かってくるように寒九郎は思った。

ある夜、夕餉のあとに、寒九郎は、突然、大曲兵衛から言い渡された。

「今宵は三日月。裏七段目の剣技、残月剣を教える。支度(したく)をして外へ出よ」

「はいッ」

谺一刀流の裏八段は、大曲兵衛が主（しゅ）となって教授することになっている。

杣小屋の外は、夜になるとさらに極寒になる。寒九郎は稽古着に熊の毛皮を羽織って、荒縄で軀に縛り付ける。毛皮で作ったハカマを穿く。毛皮の脚絆（きゃはん）を脛（すね）にしっかりと巻きつけ、足には動きやすい藁沓（わらぐつ）を履いた。

杣小屋がある森には、寒九郎たちが昼間、稽古場にしている広場がある。村人たちも協力し、大勢で雪掻きをし、踏んで固めた雪の原だ。稽古で飛び回っても、雪に足を取られたり埋まることはない。

天空には雲が垂れ籠め、雲の僅（わず）かな切れ間から、細い三日月が覗いている。月明かりは弱々しいが、地上の雪に反射して、あたりは青白く見えている。

炎を上げる松明（たいまつ）を掲げた大曲兵衛が、寒九郎と南部嘉門を先導し、雪の稽古場に入って行った。

広場の周囲には、こんもりと雪を被（かぶ）った木々が取り囲んでいた。松明の明かりが、それらを浮かび上がらせ、得体の知れぬ動物や物の怪を思わせる。

大曲兵衛は広場のほぼ中央まで進むと立ち止まり、くるりと振り向いた。

「ここでいいだろう」

兵衛は松明を広場を囲む雪の木立に放った。

松明は、宙に弧を描いて飛び、雪の中に突き刺さって音を立てて消えた。

急にあたりが暗くなった。真っ暗というほどではないが、目が慣れるまで、周囲が見えない。

「寒九郎、刀を抜いて構えろ。それがしを敵だと思え」

「はいッ」

寒九郎は腰の大刀を抜いた。

兵衛の影が刀を抜いた。相手も真剣だ。

目が暗さに慣れてくると、三日月が雲間に隠れていても、雪明かりで薄ぼんやりと物影や人影が浮かんで来る。

寒九郎は兵衛の影を睨んだ。

「寒九郎、どこからでもいい。打ち込んで来い。遠慮はいらぬぞ」

「はいッ」

とは答えたものの、真剣だ。本当に踏み込み斬り込んでいいものか。

「来いッ」

兵衛の影がつつっと前に進み、一気に間合いを詰めた。

斬り間。寒九郎は無意識のうちに軀が動き、後ろに跳び退いた。

兵衛の影が怒鳴った。

「寒九郎が来ないなら、こっちから行くぞ」

寒九郎は迷った。この暗闇だ。真剣で斬り込んで、万が一にも兵衛が受け間違えば、斬ってしまうことになる。

「何を迷っている。それがしがおぬしの刀を受けられないと思っておるのか」

「いや、そうではござらぬ」

「それがしを舐めたな」

兵衛の影がさっと動いた。影の刀が上段から、寒九郎に向けて振り下ろされた。寒九郎は思わずまた跳び退いた。一瞬、刀の切っ先が、寒九郎の顔の前を過った。

真剣は風切り音を立てない。模擬刀や木刀は風切り音を立てる。

寒九郎は、後ろに雪を被った木々を感じた。もう後ろに跳び退くことは出来ない。前に行くしかない。覚悟を決めた。

寒九郎は兵衛の人影を窺った。その影がすっと闇に融けるように消えた。細い三日月が雲間に隠れたのだ。

寒九郎は刀を兵衛の人影に突き入れた。

刀は空を突いた。寒九郎は慌てず、返す刀で左に払った。またも空を斬る。

寒九郎は夜陰に隠れて見えぬ兵衛の影を探した。

「寒九郎、終わりだ」

兵衛の声がした。

冷たい刃が背後から寒九郎の首に当てられていた。

寒九郎は立ち竦んだ。いつの間にか兵衛の影が寒九郎の軀の真後ろにあった。

「いつの間に……」

寒九郎は愕然とした。気付かなかった。

兵衛の顔が顕になった。朧ろな三日月が雲間から顔を出していた。

兵衛はまた寒九郎の前に回って立った。

「ははは。もう一度やるか」

「はい。お願いいたします」

兵衛はうなずいた。

「今度は月影が照らしている中でやる。いいな。思い切って、斬り込んで来い」

「はいッ」

寒九郎は上段に刀を構えた。気を高め、目の前の兵衛を一刀両断する。

一刀一足。寒九郎は兵衛の人影を睨み、一気に斬り間に飛び込み、刀を振り下ろした。

兵衛の軀がかすかな雪明かりの中で瞬間に消えた。左に動く気配。寒九郎は振り下ろした刀を返し、左に斬り払った。またも空を斬った。

兵衛の気配が右側にあった。寒九郎は続けて刀を返し、右を払った。またも空を切る。

冷たい刃がとんとんと寒九郎の肩を叩いた。

寒九郎がはっとして振り向くと、背後の暗がりに兵衛の影が立っていた。

「どうして、こんなことが」

「起こるのか、というのか」

「はい」

「月影を利用し、瞬時に軀を動かす」

兵衛は刀で、雲間に見え隠れする三日月を指した。

「どのように」

「雲の動きを読み、雲にさえぎられた月影に隠れて身を躱す」

「…………」

寒九郎は分からず、目を白黒させた。

「これぞ、谺一刀流裏七段目の秘剣残月剣だ」

兵衛は厳かにいった。

急に空き地の外で火が熾った。松明に火が点けられた。南部嘉門だった。

「ははは。寒九郎、おぬしも少し稽古すれば、出来るようになる。安心いたせ」

寒九郎は、兵衛が月影を利用して、どう動いたのか分からず、呆然として兵衛と嘉門を見つめた。

二

木枯らしが吹いていた。

弘前城下の街並は、雪を被り、冷え込んでいた。

江上剛介は次席家老大道寺為秀の屋敷を出て、散歩がてら商人街をぶらついていた。

そこで由緒ありそうな道場を見付けたのだった。道場の格子窓から、元気のいい若者たちの、威勢のいい気合いや竹刀を打ち合う音、床を踏み鳴らす足音が聞こえてくる。

江上剛介は、格子窓から道場の中を覗きながら、明徳道場の日々を懐かしんだ。一緒に競って稽古に励んだ仲間たちを思った。宮原上衛門や近藤康吉は、今ごろ、どうしているか？　二人は明徳塾、明徳道場を出て、御上から何かの御役目を仰せつかっているかも知れない。

大内真兵衛は、どうしているか？　あいかわらず親の威光を笠に着て、遊び仲間の頭領になり、花街などに繰り出しているかも知れぬ。

江上剛介は、大内真兵衛と連んで、喧嘩をしたり、好きな女子をからかったり、子どものように遊んだころが懐かしかった。もう、あのころには戻れない。

江上剛介たち大内組と、明徳道場でよく張り合っていた武田由比進や荻生田一臣、中堂劉之進、佐島重兵衛、黒須俊之介らも懐かしい。

そして、何の因果か、同門の北風寒九郎こと鹿取寒九郎と敵対せねばならなくなったとは。江上剛介はつくづく己れの悲運を呪った。

あの時、橘左近老師や大門老師の忠告を聞いて、御上から渡された毒饅頭を食していなければ、こんなことにはならなかった。

江上剛介は、ふらふらと吸い寄せられるように道場の玄関先に立った。

「神夢想林崎流弘前道場」という看板が架かっていた。

神夢想林崎流は居合（いあい）だと聞いていた。

江上剛介は道場の玄関先に立ち、大声で訪（おとな）いを告げた。

「どーれ」

式台に若い門弟が現われた。

江上剛介は名乗り、道場主に一手御指南いただきたい、と告げた。

すわ、道場破りか、と門弟の顔色が変わった。

「少々、お待ちくだされ」

門弟は慌ただしく道場の中に急ぎ足で入って行った。見所（けんぞ）に座っていた師範らしい白髪の年寄りに告げるのが見えた。

老師範は式台の前に立った江上剛介にじろりと目をやり、やおら大刀を手にすると、のっそりと立ち上がり、若い門弟を従えて、式台にやって来た。

「道場破りだと？」

「けしからん。我が道場をただの町道場だと思っておるのか」

「叩き出せ」

門弟たちが口々に叫びながら、老師範の後ろから、どやどやと押し掛けて来た。

「静かにしろ。おまえたちは黙っておれ」

老師範は門弟たちを一喝し、式台に正座した。大刀を左側に置き、江上剛介に向いた。いつでも刀を抜くことが出来る構えだ。

老師範は静かにいった。

「本道場は、他流仕合いを堅くお断わりしておる。早々に立ち去れい」

江上剛介はさっと土間に跪き、両手をついて式台の老師範を見上げた。

「それがしは道場破りにあらず。江戸から参った剣術修行の身にござる。たまたま通りかかり、居合で名高き神夢想林崎流の道場とあったので、ぜひとも一手お教え願いたく、お訪ねした次第でござる」

老師範は口を一文字にした。

「貴殿は、何者だ？」

「江戸幕府幕臣、江上剛介と申す者でござる」

「流派は？」

「鏡新明智流でござる」

老師範は目をきらりと光らせた。

「おぬし、免許皆伝か？」

「はい。免許皆伝にございます」

老師範はうなずいた。

「それがし、道場主の勝俣章衛門だ。先にも申したが、本道場は他流仕合いは堅くお断わりしておる」

「お願いでござる。居合の稽古だけでも、拝見させていただけますまいか」

「江上剛介と申したな。剣術と居合、まったくの別物ということは存じておろうな」

「いえ。未熟者でございまして、剣術と居合の違いを存じません」

「剣術は立って剣を交える。居合は座した姿勢から剣を揮う。その違いだ」

「では、居合の稽古はどのように？」

「剣術のような立合い稽古はない」

「ないのでござるか？　では、どうやって居合を身に付けるのでございますか？」

老師範勝俣はにやりと笑い、突然訊いた。

「貴殿は、どちらに投宿なさっておられる？」

「それがし、いま次席家老大道寺為秀様の屋敷に居候させていただいております」

門弟たちが口々に騒ぎ出した。

「次席家老のところにいるんだと？　けしからん。それでわれらのところに乗り込んで来たというのか」

「こやつ、敵側だ。このまま帰すな」

「袋叩きにしろ」

「やっちまえ」

道場は騒然となった。

老師範は振り向き、大声で怒鳴った。

「黙れ！　わしが客人と話をしているのだ。引っ込んでおれ」

門弟たちは黙り、こそこそと引き下がった。

「貴殿は、誰に聞いて、本道場を訪ねたのだ？」

「それがしの判断でござる」

勝俣章衛門は、式台の前に跪いた江上剛介をじっと見据えた。江上剛介は勝俣の目を真っすぐ見返した。

嘘、詐り（いつわ）はない。胸を張った。

「よかろう。居合は見せ物ではないが、貴殿に特別に一手、お見せしよう。道場に上がれ」

「ありがたき幸せにござる」

江上剛介は勝俣に頭を下げた。

門弟たちは、また騒めいた。

「ついて参れ」

江上剛介は刀を腰から抜いて手に携え、雪駄を脱いで式台に上がった。門弟たちがさっと左右に道を開いた。

江上剛介は、老師範のあとについて、道場に入って行った。

道場には、汗と埃、若者たちの放つ息や体臭など、独特の臭いが満ちている。

板張りの壁に門弟たちの名札がずらりと貼りめぐらせてある。

懐かしい、と江上剛介は思った。

勝俣は江上剛介の所作をじっと見ていた。

見所の上に神棚があった。江上剛介は立ち止まり、神棚に一礼した。

勝俣も腰を斜めに折り、神棚を参拝した。

門弟たちが道場に入って来て、江上剛介を遠巻きに囲んだ。

勝俣は、精悍な顔の男にいった。

「師範代、あれを用意いたせ」

「はい。ただいま」

師範代が数人の門弟たちに何事かを指示した。門弟たちはばたばたと足音を立てて、道場から消えた。

勝俣は見所を背にして正座した。作法通りに、手にした刀を軀の右脇に置いた。

刀を右脇に置けば、利き腕の右手で抜刀しようとしても、いったん左手で刀の鞘を持ち替えねばならず、一瞬の遅れになる。その遅れは致命的だ。だから、刀を右脇に置くというのは、敵意がないということを示す作法だった。

「貴殿は、そこに座れ」

勝俣は手で目の前の床を指した。

「はい。失礼いたします」

江上剛介はうなずき、勝俣に正対して正座した。江上剛介も作法通り、右側に刀を置いた。

「先に居合は刀での稽古は出来ぬと申した」

「はい」

「居合は、あくまで身を護るための術、護身術だ。他人を攻撃するための術ではない」

勝俣は江上剛介を諭すようにいった。

「居合の極意は、刀を鞘に納めたまま相手に勝つことにある」

「刀を抜かずに勝つ、でござるか」

江上剛介は、どういう意味なのか、と思った。

「居合は刀を抜いたら、一太刀で相手を斬る。二の太刀はない。一撃必殺。抜いたあとは、普通の剣術になる」

一撃必殺？

江上剛介は内心、にやりと笑った。言うは易し、行なうは難し、だ。

門弟たちが米俵や畳表を抱えて、どやどやっと戻って来た。師範代が大声であれこれと門弟たちに指示を出した。

老師範の左脇に米俵を立てて置いた。

江上剛介の左脇上に、畳表を丸めた柱を立てた。門弟が二人、しゃがんで柱が倒れないように支えた。

門弟たちは、師範代の指示で、一斉に後退し、老師範と江上剛介を遠巻きにして座った。

江上剛介は何事が始まるのか、と怪訝な面持ちで周りを見回した。勝俣は笑みを浮かべていった。

「もし、おぬしが刺客だとする。わしとおぬしの二人しかいない。二人の間合いは、これこの通り、おぬしが一足膝行すれば、わしを刺すか、斬れる間だ。おぬしがわしを斬るつもりだったら、いかがいたす？」

江上剛介は頭の中で、老師範をどう斬るか、いくつもの形を想像した。

右脇の大刀を取り、左手に持ちかえ、右手で抜刀し、相手に斬り付ける。老師範も同じ所作で、大刀を抜くだろう。

老師範は熟練者だ。江上剛介がどんなに早く大刀を取って抜いても、ほぼ同じような速さで、老師範も刀を抜くだろう。その差異は、ほんの僅かしかない。さすれば。

「それがしなら、大刀ではなく腰の小刀を抜き、一気に老師に詰めて刺しましょう」

勝俣はしかりと笑って、うなずいた。

「それが正しい。では、実際に、おぬし、それをやってみよ。この俵をわしと思って刺せ。わしは、おぬしの脇に立つ柱を、おぬしと見立てて斬る。いいな」

「はい。しからば、いざ」

江上剛介は小刀の柄に手をかけた。

勝俣の顔が一瞬にして、鬼のような形相に変わった。殺気が見る見るうちに江上剛介を圧倒する。

江上剛介は老師範の気迫に機先を制され、躯が動かなくなった。老師範には隙がない。動こうとすると老師範も瞬時に動く。そう思うと気迫に押されて迂闊に膝行出来ない。そうか。これが刀を抜かずに勝つ、か。江上は納得した。

「さあ、かかって参れ」

勝俣は正座したまままいった。勝俣の躯が、江上剛介を誘うように身動いだ。

江上剛介は、その瞬間、小刀を抜き放った。小刀の柄を両手で持ち、老師範に見立てた米俵に膝行して突進した。

勝俣の動きが一瞬目に入った。勝俣は右脇の大刀に手を掛けると、さっと後ろに刀を滑らせた。後ろに滑る刀の柄を右手で摑み、刀を鞘から抜いた。流れるような動きで、立ち上がり、逆手に握った刀を畳表の柱に斬り上げていた。

江上剛介が小刀の切っ先で俵を突き入れた時には、勝俣はすでに残心していた。道場の床に畳表を丸めた柱の一部がごろりと転がっていた。

「参りました」

江上剛介は跳び退いて、小刀を背に回し、勝俣に平伏した。

門弟たちがどよめいた。

一撃必殺。

江上剛介は、勝俣の居合の美技に舌を巻いた。

おそらく実際に勝俣と真剣で立ち合っていたら、己れが勝俣を刺そうとしている間に、己れは刀で斬り上げられ、首が床に転がっていたに違いない。

勝俣は大刀をゆっくりと鞘に納めた。

「いや、おぬしもいい腕をしておる。実際だったら相討ちだったかも知れぬ」

「いえ。とんでもない。それがしが、一瞬遅れました。それは致命的な遅れです」

江上剛介は、小刀を腰の鞘に戻した。

「居合は相手の動きを先に覚り、一瞬でも早く大刀を抜いて相手を斬る。それによって、身を護る」

「分かりました」

「したがって、居合の稽古は、一に相手に刀を抜かせぬよう気迫で押して機先を制する。つまり、刀を鞘から抜かずに、相手を斬る。二に、瞬時に相手より早く刀を抜き、一撃必殺で倒す。そのためには、いかなる体勢になっても、相手よりも早く刀を抜く鍛練をする。何度も何度もくりかえし、軀に覚えさせれば、いざという時に、考えずとも自然に軀が動き、刀を抜くことが出来る」

「ありがとうございました。居合の凄さ、よく分かりました」

江上剛介は、あらためて座り直した。

「勝俣先生、それがしを、本道場に入門させてください。お願いいたします。居合をはじめから、教えていただきたいのです。お願いいたします」

江上剛介は深々と勝俣に頭を下げた。

門弟たちがどよめいた。師範代が、勝俣に囁いた。

「先生、もし、この男を入門させると、我が道場が次席家老派に寝返ったかと噂が立ちましょう」

「師範代、構わぬ。人には勝手に言わせておけ。次席家老は次席家老。我らは我らだ。江上剛介一人を入門させたからといって、我らは心変わりをしたわけではない」

勝俣は江上剛介に笑いかけた。

「江上剛介とやら、わしが入門を認めよう。明日からでも、道場に通うがいい。はじめから、わしが鍛えてやる」

「かたじけのうございます」

江上剛介は、新しい師が、この津軽の地にも出来たと思うと、己れは一人ではない、と思うのだった。

三

きええい！

灘仁衛門は気合いをかけ、六尺棒に回転をかけて、仮想の相手の立ち木に叩き込んだ。

空気が揺れた。一瞬の間をおいて、樹木と樹木の間にさらさらと粉雪が舞い、銀白色の光を散らした。

綺麗だ、と仁衛門は棒を構えたまま、空中に舞う粉雪に見惚れた。仮想の相手も、仁衛門に合わせて動きを止めている。

樹間に陽射しが差し込み、木々の枝に着いた純白の雪を輝かせている。雪を被っていた木々は、次第に雪を落として、裸の枝を現わしはじめていた。枝に葉芽(ようが)の蕾が出て来るのもまもなくのことだろう。

春はためらいながらも、少しずつ近付いている。

仁衛門は哀しかった。

やはり香奈を娶(めと)らなければよかったのだ。死ねば香奈を幸せにすることが出来ない。

このまま春が来なければいいのに、と仁衛門は思うのだった。

春になれば、必ず寒九郎が、この村に現われる。そうなったら、仁衛門は嫌でも、寒九郎と立ち合わねばならない。

寒九郎には決して勝ってはならない立合いだった。寒九郎は安日皇子様をお守りし、アラハバキ皇国を創るために働いている。安日皇子様の娘レラ姫様と恋仲だという話も聞いている。

そんな寒九郎と闘い、万が一にも勝ってはならない。己れもアラハバキの一人である。

だが、家族が皆殺しにされたあと、幼子の己れを助けて育ててくれた御隠居の大道寺次郎佐衛門様の御恩にも報いなければならない。御隠居様の御下命は、寒九郎を亡き者にせよ、ということだった。

仁衛門は御隠居様に、その殺さねばならぬ理由を尋ねた。

「仁衛門、いまだから明かそう。十二湖の村に焼き討ちをかけたのは、津軽藩物頭鹿取真之助が率いる征討隊だった。鹿取真之助は、その後、谺仙之助の娘を娶り、アラハバキ側に寝返ったが、それで鹿取真之助の罪が許されるわけではない」

親兄弟妹の仇鹿取真之助の息子が寒九郎だというのか。

灘仁衛門は、御隠居様の話を聞きながら、不思議な運命の巡り合わせに愕然とした。だが、いくら親兄弟の仇といえ、いまさら鹿取真之助の息子寒九郎を討つのはおかしなものだった。寒九郎にとっても、突然に親の行なったことの責任を取れといわれても迷惑なことだろう。

御隠居様は続けた。

「だから、おぬしに寒九郎を討てというのではない。それよりも、わしがいま危惧しておるのは寒九郎が津軽においてのみならず、幕府にとっても、新たな厄介の因になりそうだということだ」

「どういうことでござるか？」

「いま、天下は田沼意次意知親子の春になっている。御上は田沼に騙されて金権政治をよしとしている。その田沼意次が、谺仙之助と孫の寒九郎を利用して、また安日皇子を擁して、津軽に安東水軍を再興させ、アラハバキ皇国を創ろうとしている」

御隠居様はため息をついた。

「わしは、これまで歴代の将軍様の御意見番として御仕えし、天下国家はどうあるべきかを御助言申し上げて来た。わしは、アラハバキ族が皇国を創ることに猛反対した。若い芽のうちに、アラハバキ族の皇国の芽を摘め、とな。田沼の儲け主義に乗って、十三湊に北の出島を創るまではいいが、アラハバキの皇国を創らせてはならぬ、となし」

「なぜ、アラハバキ皇国を創らせてはならないのでございますか?」

「わしは、アラハバキ族のためも思っている。もし、アラハバキが安日皇子を奉じて皇国を創ったら、必ず戦になる。戦で無辜の民が大勢死ぬ。アラハバキたちの民も、幕府側の民も、殺し合いで大勢が亡くなる。そんなことは避けなければならない」

「なぜ、戦になるというのですか?」

「都の天皇はエミシの安日皇子の皇国を認めない。朝廷は、必ず幕府の征夷大将軍に、エミシを征討せよとの詔を出されるだろう。そうなったら、いくら田沼が画策しても、将軍様は軍を津軽に派遣し、アラハバキの征討を行なう。そんな戦は無益だ」

「御隠居様、では、我らアラハバキはどうすればいいのですか?」

「皇国なんぞ創らず、アラハバキはヤマトに同化するのが一番いい。ヤマトの民となって、平和に暮らす。ヤマトの民とアラハバキの民が一緒になって仲良く暮らして、助け合い、一つの国を創ればいい」

「それはそうですが」

仁衛門は考え込んだ。御隠居様は低い声でいった。

「そこで、アラハバキの一人であるおぬしに、天下国家のために、やってほしいことがあるのだ。アラハバキのおぬしにしか出来ぬことだ」

「なんでございましょう?」

「寒九郎が禍（わざわい）になる芽を摘め。おぬしなら、アラハバキの社会に入っても、怪しまれない。アラハバキの村に潜（ひそ）み、なんとか寒九郎に近付き、葬り去れ。それが、必ず天下国家のためになるのだから」

仁衛門は六尺棒を手に、うなだれていた。

林の中から、ヒヨドリたちの鋭い鳴き声が響いた。木の枝の雪がばさりと音を立てて落ちた。

「あなたあ」

香奈の優しい声が聞こえた。

仁衛門は、はっと物思いから我に返った。

香奈が鏡湖の畔（ほとり）の家の前で手を振り、仁衛門を呼んでいる。傍（かたわ）らに栗毛の馬と旅装姿の侍が立っていた。

「お客様がお訪ねになられましたよ」

香奈は大声で叫んだ。村の子どもたちが、遊ぶのをやめて、侍の周りに集まっていた。

侍は菅編み笠を小脇に抱え、遠くから仁衛門に一礼した。

「それがし、鳥越信之介にござる。突然でござるが、灘仁衛門殿にお話ししたきことがあり、馳せ参じました」

侍はよく通る声でいった。

「ただいま、そちらに戻る。しばし、お待ちくだされ」

仁衛門は大声で応えた。

鳥越信之介。

知っている。顔も思い出した。奉納仕合いで最後まで寒九郎と争った腕の立つ剣士だ。たしか北辰一刀流免許皆伝。

仁衛門は六尺棒を抱え、雪道を踏みしめながら、我が家に戻った。

仁衛門は囲炉裏端に胡坐をかいて座った。

鳥越信之介も、仁衛門にいわれて、膝を崩して胡坐をかいた。

囲炉裏には薪が焼べられ、小屋の中を暖かくしていた。炎の明かりが鳥越信之介と仁衛門の顔を赤く照らした。

まだ昼の明るい最中だが、外の寒さが入らぬよう、窓や出入口の板戸を締め切っているので、小屋の中は薄暗かった。

「粗茶でございますが」

香奈が番茶を入れた湯呑み茶碗を、鳥越信之介と仁衛門の前に置いた。

「かたじけない。ですが、御新造、どうぞ、お構いなく」

「まあ。遠慮なさらないでください。主人にお客さまなんて、本当に初めてのことなんですよ」

香奈は、主人という言葉を使う時、ほんのちょっと躊躇った。まだ使い慣れていないのだ。

仁衛門も、香奈から主人といわれ、満更でもない顔をしていた。無性に莨が喫いたくなり、煙草盆のキセルを取り出した。

「それで、早速だが、鳥越殿のお話というのは、どのようなことでござるかな」

「内密の話なのでござるが」

鳥越はちらりと香奈に目をやった。

香奈は傍らで囲炉裏に架けてある鍋の蓋を開け、キリタンポと一緒に牛蒡や大根の切片を煮込んでいた。

「いや、いい。香奈には、何も隠し事はしていない。話を聞かれても、私は構わない」

仁衛門はキセルの皿に莨を詰め、炭火に火皿をつけて旨そうに喫った。

香奈が仁衛門にいった。

「あなたは平気でも、鳥越様はお困りになるでしょう」

「いえ。聞かれても大丈夫でござる。ただ、少し込み入った話なので」

香奈はにっこりと笑った。

「あなた、キリタンポは、もう少し煮込まないとおいしくなりません。時折、杓文字でかき回してください。私は母に用事があるので、実家に行って来ます。鳥越様、今夜はお泊まりになってください。どうぞ、ごゆるりと」

香奈は気を利かせ、席を立った。鳥越に一礼すると、足早に小屋から出て行った。

木戸の引き戸が閉められた。鳥越は木戸から消えた香奈の後ろ姿をじっと眺めていた。

「仁衛門殿、初々しくもお美しい御新造でござるな」

「それがしには、勿体ないような女子でござる」

「いやいや、お似合いの夫婦でござる。本当に羨ましい」

「鳥越殿も御新造は居られるのでござろう」

「はい。江戸に残しております」

「お子様もいらっしゃる？」

「息子と娘が一人ずつ」

「それはいい。羨ましい」

「灘殿は、まだでござるか？」

「義父も義母も早くやや子をといっておりますが、それがしの事情もありましてな」

「よく分かります。ところで、灘殿、その事情でござるが、それがしに聞かせてくださらぬか」

鳥越はあらたまった口調でいった。灘仁衛門は顔を上げた。

「お聞かせするような事情ではござらぬが」

「灘殿は、どなたからかの密命を受けておられますな」

「密命？」

「はい。鹿取寒九郎を暗殺せよ、と御下命を受けておられるのでは？」

「いえ。そのような密命は受けておりませぬ」

灘仁衛門はキセルの首を炉端の縁にぽんとあて、火皿の灰を落とした。

鳥越信之介は静かな口調でいった。

「実は、それがしは御上からの密命を帯びて、こちらに参っておるのです」

「鳥越殿も」

灘仁衛門は思わず、そういってから、しまったと思った。鳥越は続けた。

「さよう。それがしも、御上から寒九郎を暗殺するよう密命を受けております」

灘仁衛門は何もいわず、キセルの火皿に莨を詰めた。おもむろにキセルの火皿を炭火にあて、莨に火を点けた。キセルを何度も吹かし、煙を喫った。

鳥越は一呼吸を置いていった。

「寒九郎を暗殺せよと密命を受けた刺客は、それがしを入れて、四名にもなります」

「四名？　誰でござるか？」

「笠間次郎衛門（かさまじろうえもん）、江上剛介、それがし、そして、おぬし、灘殿です。うち笠間次郎衛門殿は返り討ちに遭い、亡くなった」

仁衛門は、笠間次郎衛門の名前を聞いて、奉納仕合いにいたあばた顔の男を思い出した。

「笠間次郎衛門殿は、たしか柳生新陰流の遣（つか）い手でござったな」

「さよう」

「どちらで亡くなったのでござるか？」

「十三湊に入る街道筋の海浜で、寒九郎と立合いの下、討たれました」

「笠間殿は、誰から密命を受けたのでござるか？」

「大目付松平貞親殿。だが、大目付殿の後ろには、松平定信様がおられる」

「ふうむ。では、江上剛介殿は誰の御下命で？」

「やはり幕府要路の松平定信様と思われます。江上剛介殿はいま津軽藩次席家老大道寺為秀殿の屋敷に滞在している。次席家老大道寺為秀殿の背後には、松平定信様がいるといわれています」

仁衛門は、江上剛介が奉納仕合いで最後まで勝ち残り、優勝したのを思い出した。江上剛介は鏡新明智流皆伝。歌舞伎役者の女形を思わせるような、端正な顔立ちをした青年剣士だった。奉納仕合いで江上剛介の仕合いを見ていたが、寒九郎にとって、江上剛介が一番の強敵に見えた。

江上剛介も寒九郎も同門で、明徳道場で互いに競った相手と聞く。同門対決とは、なんと皮肉なものだろう、と仁衛門は思うのだった。

「そして、灘殿は天下の御意見番である御隠居様、すなわち大道寺次郎佐衛門様から密命を受けられた」

「どうして、それを？」

「知っているのか、というのですかな？」

鳥越信之介は、ふっと相好を崩して笑った。

「それがしには、御上と老中田沼意次様から直々に御下命があった。その時、公儀隠密が調べたあなたたち全員の事情を知らされたのです」

「………」

仁衛門は言葉を失った。御上は、そして老中田沼意次様は、すべてをご存じなのか。

「我々四人の刺客は、すでに一人欠けてしまいましたが、寒九郎暗殺を競わされておるのです。何のために？　こんな馬鹿げたことはござらぬ」

仁衛門は耳を疑った。

「しかし、おかしいではござらぬか。御上と老中田沼意次様は、安日皇子のアラハバキ皇国を容認し、幕府が支援しようとしているのでは？」

「さよう」

「寒九郎は、谺仙之助様の孫として、安日皇子をお助けし、アラハバキ皇国創りに尽力している。では、なぜ、その寒九郎を殺せというのでござるか？」

「それがしも、おかしいと思っています。御上、老中田沼意次殿は、いまは寒九郎を殺さず、生かし、助けろ、というのでござる。殺すのは、ある条件になった時であると」

「ある条件ですと？」

寒九郎を殺す場合とは、いったい、どういう条件なのだ？

鳥越はにやりと端正な顔を崩して笑った。

「それは、のちの話としましょう。それよりも、いまは、もっと別な大事なことを話したい」

「どのようなことでござろうか？」

「我々は、何のために人を殺そうとしているのか、でござる。御上への忠のためか、それとも義のためか？　あるいは仁か？　正のためか？　それとも、情のためか？」

「…………」

仁衛門は、鳥越の思わぬ問いに、自らのことを考えた。

己れは何のために寒九郎と立ち合おうとしているのか、という問いが、仁衛門の頭を掠（かす）めた。

鳥越は腕組みをし、目を閉じた。

「我らは、御上か、あるいは恩のある人から寒九郎を殺せと下命された。しかし、ただ命じられたことを実行するのは、果たして正しいといえるのか。一度、しっかりと考えるべきなのではないのかと思うのでござる」

仁衛門は、あらためて鳥越を見た。

鳥越信之介も思い悩んでいるのだ。それで、自分のところにやって来たのか。

鳥越は腕組みを解いていった。

「それがしは、御上に命じられたから、殺るのではなく、己れが信じることのために、殺るとならねば意味がない、と気付いたのでござる」

「と、申されると、御上が命じたことでも、己れが納得しなければ殺らない、というのでござるか」

「その通りでござる。それがしは間違っておりますか？　仁衛門殿」

「ううむ」

仁衛門も腕組みをし、あらためて考え込んだ。

己れは何のために、寒九郎を殺めようとするのか？　大道寺次郎佐衛門への忠義のためか、恩義に報いるためか？　それとも、御隠居様がいう天下国家のためか？　あるいは、両親家族を殺されたことへの復讐、つまりは、孝のためか？

「この問いに、ちゃんと答えることが出来れば、灘殿もそれがしも、寒九郎と立ち合わないで済むかも知れないのです」

寒九郎と立ち合わないで済むかも知れない？

仁衛門は、思わず鳥越信之介の顔を見た。

鳥越は、いったい、それがしに何を伝えようとしているのか？

やがて、鳥越信之介は口を開いた。その意外な話に、仁衛門は衝撃を受けた。

屋外で、子どもたちのわっという歓声が上がった。

四

土雲一族の雲霧市衛門は、雪の原を駆けた。左右に二人ずつ分かれた手下たちがついて駆けて来る。

雪原の表面は、堅く凍り付き、駆けても足が雪に埋もれることはない。

眼前に岩木山が聳(そび)えていた。山頂にはまだ真っ白な雪が残っている。

雪原のところどころは、土が現われはじめていた。枯れ残る薄(すすき)が雪を払い除(の)けて立ち上がり、風に揺れていた。

雲霧市衛門をはじめとした五人の黒装束たちは、葉を落とした枯れ木の雑木林に走り込んだ。

林は急に終わり、険しい岩壁になる。雲霧市衛門たちは、休みも取らず、岩場を登る九十九折（つづらおり）の径（みち）を、上へ上へと登りはじめた。

やがて、まだ雪が残る雑木林になり、ひっそりと林の中に隠れるように建っている社（やしろ）の前に出た。

社の祭壇には祝詞を捧げる、七人の巫女（みこ）たちの姿があった。巫女たちはいずれも、白衣に緋袴姿だったが、真ん中の巫女だけは白衣に紫袴姿だった。

雲霧市衛門たちは社の前にはったと座った。そこだけは雪掻きがなされ、参拝者が座れるようになっていた。

「八田媛（やたひめ）様、雲霧市衛門一党、ただいま参上いたしました」

雲霧市衛門は黒覆面を外して額（ひたい）の鈎手の刺青を顕（あらわ）にして平伏した。

八田媛は族長土雲（つちぐも）亜門（あもん）の一人娘である。

祝詞の声が止んだ。七人の巫女たちの真ん中にいた紫袴姿の巫女が、後ろに垂らした黒髪を揺らして、ゆっくりと振り向いた。顔は白狐（びゃっこ）だった。口が真っ赤になっている。

「市衛門、ご苦労でした」

白狐の面を被った巫女は優しい声でいった。

雲霧市衛門は頭を下げた。

「八田媛様、ご報告いたします。ようやく一郎(いちろう)、次郎(じろう)、三郎(さぶろう)、四郎(しろう)、いずれも、養生の甲斐があって、怪我は癒(い)えました」

八田媛の白狐はくぐもった声でいった。

「それはよかった。私たちは最後の土蜘蛛族です。これ以上、土蜘蛛を一人も失うわけにはいきません」

「承知しております。我々も、これ以上、人が減れば、媛様をお守りすることも出来ません。土蜘蛛の子孫を残すこともままならなくなりましょう。ですが、なんとしても、寒九郎を仕留め、谺仙之助とその直系一族を根絶やしにせねば、谺仙之助に殺された土雲亜門様たち土蜘蛛一族の御霊(みたま)は浮かばれますまい」

「分かっております。私も亡き土雲族長の娘として、谺仙之助一族への積年の恨みは晴らしたいと思っています。だが、ここまで一族の数が減ったいま、復讐だけでなく、子孫存続の手立てを考えねばなりませぬ」

「で、どのような？」

「一つは、土蜘蛛一族の血筋を引く、やや子を多数作らねばなりませぬ。それは、ここにいる私たち若い巫女たちの役目です」

八田媛は巫女たちに目をやった。巫女たちはもじもじと顔を見合った。

「そして、男衆には、女子にやや子を産ませる役割のほか、なんとしても寒九郎を討つ責任がございます」

雲霧の後ろに控えた黒装束たちも、互いに顔を見合わせていた。

雲霧はこほんと咳をして睨み、手下たちを静かにさせた。

「それがし、頭(かしら)として、寒九郎を討つべく、手立てを練っております」

「いかような？」

「やはり、剣で倒せないようであれば、トリカブトを煎じた薬により毒殺するか、あるいは毒矢を使い……」

八田媛は雲霧が話すのを手で止めていった。

「これまでと同じやり方ですね。何度も失敗なさった」

「毒矢で谺仙之助を倒すことは出来ました」

「ほかに策はありませぬか？」

「いまのところは、思い付きません」

雲霧市衛門は畏れ入って頭を下げた。

八田媛がいった。

「土蜘蛛の男が出来ぬなら、私たち女郎蜘蛛たちの出番です。私たちなら悪知恵を働かせます」

「悪知恵ですか？」

「男には考えられないような、女の悪知恵です」

「どのような？」

　雲霧は訝った。

「あとでお話しします。お楽しみに。ところで、肝心の寒九郎めの動きは分かっておりますか？」

「いえ、しかとは」

「こちらには、最近の寒九郎の消息が入っております」

　八田媛は巫女たちを向いた。

　六人の巫女たちが一斉に振り向いた。いずれの巫女も白狐の面を被っていた。

　八田媛の白狐が右端の巫女を指名した。

「一の方、話して」

　右端の白狐が答えた。

「高倉森の烏にょれば、寒九郎は暗門の滝において、阿吽の弟子たち二人の指南により、谺一刀流の剣技を修行しております」

「暗門の滝でござるか。あのあたりは、まだ雪が深うござるな。入るだけでもたいへんでござる。卍組の赤目たちが、寒九郎たちを襲ったが、白神のオオカミたちに逆襲され、暗殺は不首尾に終わったと聞いています」

雲霧市衛門はいった。

八田媛の白狐はうなずいた。

「寒九郎は白神カムイに守られています。容易に手を出してはなりませぬ。寒九郎が白神の地から出るまで待ちましょう。急ぐことではありません」

雲霧はいった。

「寒九郎を狙う幕府の刺客が三人おります。弘前城下に二人、白神山地に一人。なお、弘前城下にいた一人が、馬で十二湖の村に入ったと聞きました」

「城下にいる刺客は？」

「一人は江上剛介と申す剣の達人。江上もまた、無理せず寒九郎が白神から出て来るのを待っている模様です」

「それは賢明ですね。その江上、使えますか？」

「おそらく」

「城下のどこにいるのです？」

「次席家老大道寺為秀の屋敷です」

八田媛は巫女たちに向いた。

「あなたたち、覚えておきなさい。江上の弱みを見付けなさい」

八田媛は雲霧に訊いた。

「十二湖の村に入った刺客というのは？」

「鳥越信之介。北辰一刀流の遣い手です」

「強そうですね。使えますか？」

「使えるでしょう。しかし、策士です。用心が肝要です」

「策士と？　どういうことですか？」

「幕府から派遣された刺客ですが、何か胡散臭い動きをしている」

「どういうこと？」

「十二湖の村に三人目の刺客がおります。元ナダ村の出の灘仁衛門」

「存じてます。エミシの血を引く男でしたね。なのに、アラハバキを裏切って幕府のイヌになった」

雲霧は顔を上げた。

「いかが、いたしますか？　この灘仁衛門」

「灘仁衛門も寒九郎の命を狙っているのでしょう？」

「はい。そのはずです」

「では、しばらく様子を見ましょう。灘仁衛門が寒九郎を討ち果たせば、それでもいい」

「分かりました。灘仁衛門には手を出しません」

「ところで鳥越信之介は、なぜ、灘仁衛門を訪ねたのですかね」

「分かりません。鳥越は灘仁衛門と密談をしたようです」

「密談の中身は？」

「まだ、分かりません。しかし、何かの謀議に間違いありません」

八田媛は、左端の巫女に訊いた。

「仁衛門の村での動向は？」

「アラハバキの嫁を貰い、幸せに暮らしています。まもなく、やや子も生まれるとか」

「やや子が生まれたら、灘の弱みになりますね。いいでしょう。いま、頭がいった鳥越信之介と灘の密談について、どんな謀議なのか、探りを入れなさい」

「畏まりました。八田媛様」

左端の巫女がうなずいた。

八田媛は雲霧に尋ねた。

「鳥越信之介は、弘前城下にいる時は、誰の許に泊まっているのです？」

「若手家老杉山寅之助の屋敷です」

「そうですか、杉山寅之助の許にいるのですか」

八田媛は思案げにうなずいた。

雲霧がいった。

「鳥越信之介について、さらに調べさせましょうか？」

「いえ、私に考えがあります。私が調べます」

八田媛は、雲霧たちに背を向け、祭壇に向かった。やがて、厳かに祝詞を上げはじめた。

祭壇には土雲一族の祖先が祀ってある。

灯明が揺れた。まるで、祖先が雲霧市衛門たちを鼓舞するかのように。

雲霧市衛門は、八田媛の後ろに正座し、八田媛が祝詞を唱える美しい声を聞きながら、土雲一族の悲運に思いを馳せるのだった。

五

北西からの冷たい風が吹き寄せていた。

雪混じりの風だが、もう極寒の冬の風ではない。大地に積もった雪も表面が硬く締まり、馬も自在に駆け回れるようになった。春が着実に近付いているのだ。

レラ姫と草間大介が放馬した楓、疾風、シロの三頭、荷馬二頭は喜び勇んで、真っ白な雪原に出ると、群れをなして走り出した。先頭はやはり牡馬の疾風だった。しかし、すぐに楓とシロが追い掛け、後ろから抜こうとする。そうなると、三頭は躍り上がるようにして、雪原を駆け回り、飛び跳ねていた。二頭の荷馬たちは、そんな競走には加わらず、歩き回る。村からあまり遠くには行こうとしなかった。

レラ姫と草間大介が、「ホウホウホウ」と大声で呼ぶと、すぐに馬たちは駆け戻って来る。

「寒九郎、参るぞ」

大曲兵衛が声をかけた。

「お願いします」

寒九郎は大曲兵衛と南部嘉門と連れ立ち、高倉森の山麓に広がるブナ森に入った。

ブナの木々の葉は落ち、どの枝や梢(こずえ)にも山のように雪が積もっている。その雪が、ときどきどさりと落ちる音が森の中にふんだんに聞こえる。

寒九郎が大曲兵衛や南部嘉門と森の入り口に立った時も、目の前で真上からばっさりと雪の大きな塊(かたまり)が落ちた。一瞬早く飛び退いて助かったが、まともに頭で雪の塊を受けたら、と思うとぞっとする。

南部嘉門が平気な顔でいった。

「この森の奥に、わしが立っている。そこまでの途中に、何本もの幟(のぼり)が立ててある。それが目印だ。その幟を目指して森の径を駆け抜ける。径の途中、走りながら赤い紐を巻いた木の幹五十本を、すべて敵だと思って打突(だとつ)しろ。それで木から雪が落ちたら有効打とする。雪が落ちなかったら無効打だ。当然のこと、打ったあと、ぐずぐずしていると上から容赦なく大きな凍った雪の塊が落下して来る。当たれば結構痛い。怪我もする。気をつけろ」

南部嘉門はそれだけいうと、一人先にさっさと森の中に入って行った。やがて木立の陰に見えなくなった。

寒九郎は毛皮を脱ぎ捨て、稽古着姿になった。さすがに稽古着と野袴では凍(こご)えるように寒い。その場で駆け足をし、両腕を回して軀を温める。足にはマタギの藁沓を履いている。硬めの雪面を走るのに適している。

森の径を透かして見ると、ところどころに幟が立っている。径の両側の木々の幹に、赤い紐が巻き付けてあるのが見えた。

大曲兵衛は、毛皮を羽織り、足踏みをしていた。やがて、もう着いた頃合だろう、というと木刀で、森の径を差した。

「さあ、行け！　拙者が直後に付き、打突が有効だったか判定いたす。いいな」

「はいッ。参ります！」

寒九郎は大声で叫ぶと、一気に径に走り込んだ。走り込むと、すぐに赤い紐を巻いた木の幹が続いていた。

寒九郎は木の幹の赤い紐を見付けると手当たり次第に木刀を打ち込んだ。

だが、打突の力が弱いのか、雪は落ちてこない。

「どうした！　寒九郎、腰を入れて打突しろ」

後ろから付いてきた大曲兵衛の叱咤が寒九郎の背に飛んだ。

「打突が効いていないぞ！」

いかんと寒九郎は思った。木刀を振り回し、いくら強く木を打っても、上から雪が落ちて来ない。

上を見上げると、雪はしっかりと枝や梢にへばりつき、寒九郎を嘲ら笑っていた。止むを得ず、走るのをやめ、足場を決めて打ち込むと、ようやく雪の塊が寒九郎の上に落下して来た。

寒九郎はあわてて飛び退いた。やや後ろから見ている大曲兵衛が怒鳴る。

「腰を入れろ。いちいち立ち止まって打つやつがどこにいる。走り回って、相手を倒すと思え」

寒九郎は腹に気合いを入れた。

きえええい！

腹から気合いを掛け、走りながら、腰を沈め、赤い紐を巻いた細い木、太い幹に、容赦なく木刀を叩き込んだ。手が痺れそうになる。

すぐさま次の木へ駆け抜ける。木の前に飛び込み、上段から振り下ろし、木の幹を叩いては跳び退き、横に払っては細い木を叩き折る。続いて体を回し、次の太い木の幹に斜めに木刀を打ち下ろす。どさっどさっと連続して雪の塊が落ちはじめた。冷えていた軀がだんだんと熱くなる。

「そうだ、その調子だ」

大曲兵衛の声が背後から追って来る。寒九郎は夢中で木々の幹を打ち込み、幟を一本、二本、三本と通り過ぎる。

径の先に南部嘉門の姿が見えた。寒九郎は気合いを掛け、一本一本の木の幹に打ち込み、体を躱しては、体重を乗せて打突を連続させた。走って行く背後に、どさっどさっと雪の塊が落ちて来る。

寒九郎は、南部嘉門の前の最後の赤い紐を付けた木の幹を木刀で横に叩き払い、落ちてくる雪の塊を躱し、残心した。

「うむ。概ねよしとしよう」

南部嘉門は目を細めてうなずいた。

あとから駆け付けた大曲兵衛も、まあいいだろう、といった。

寒九郎は呼吸を整えた。汗が吹き出し、軀が冷えてくる。

南部嘉門は寒九郎にいった。

「じゃあ、同じようにして、この径を帰る」

「え？　帰りも打ちながら、ですか？」

「なんだって？　これで終わりだと思ったのかい。やり直しだ。往復十回はやらねば、身に付かない」

「往復十回ですか？」

寒九郎は唖然とした。

「だんだんと、硬くへばりついている雪は落ちなくなる。だが、それを打ち落としながら行くのが、今回の裏五段枯れ木返しの剣技だ」

「枯れ木返しですか」

寒九郎は恨めしげに、森の径を振り返った。赤い紐を巻いた木々には、まだ雪が積もっている。

「もう休んだろう。さあ、行け」

南部嘉門が怒鳴った。寒九郎は元気を出し、大声で叫んだ。

「行きますッ」

寒九郎は上がって来たばかりの径を、再び気合いもろとも、木刀で木々の幹に打ち込みながら、戻りはじめた。

木々の間を、寒九郎の声や気合いに驚いたヒヨドリたちが甲高く鳴きながら飛び回っていた。

日はとっぷりと暮れ、あたりは薄暮に覆われていた。

川を流れるせせらぎが聞こえていた。

月明かりが木々の枝の間から洩れて来る。天空には星の瞬きがきらめいていた。

寒九郎は首まで温泉の湯に浸かり、のんびりと昼の稽古の疲れを解していた。隣に大曲兵衛と南部嘉門も湯に浸かっていた。

南部嘉門が湯気の中でいった。

「寒九郎、いよいよ、剣技の修行は終わりに近付いておる。あとは総仕上げとして、いままでの剣技をすべてやり、寒九郎が苦手としている剣技があれば、それを克服するだけだな」

「さよう。今日の稽古はきつかったろう」

大曲兵衛が寒九郎に話しかけた。寒九郎は手拭いで首の周りを拭きながら強がっていった。

「いや。ちょうどいい加減でした」

「おう、そうか。やはり、それが若さというものだ。よし、寒九郎、あの稽古を明日もやろう。あれを毎日、十往復、繰り返せば……」

「え、あれを十往復もやるんですか」

寒九郎は慌てた。嘉門が笑いながらいった。

「兵衛、あれはきつい。先生もいっていたではないか。毎日十往復は少々きつい。せいぜい、五往復やればいいと」

「そうだな。あの枯れ木返しの技は、薩摩(さつま)の示現流(じげんりゅう)の稽古と同じで、白神山地のブナ森だから出来ること。先生も、ここで、みっちり稽古して、軀に浸み込ませたから、先代安日皇子様の護衛たちと、たった一人で闘い、そのほとんどを叩き伏せたのだからな」

「そうですか。祖父もやった稽古だったのでござるか」

寒九郎は祖父仙之助がブナの中の径を、木刀を振るって駆け回る姿を想像した。

「そうそう。この前、吹雪の夜に、酒を飲みながら話したことで、寒九郎に言い忘れたことがあるのを思い出した」

嘉門が暗がりの中でいった。

「何でござろう」

「先生が先代の安日皇子様の護衛たちを大勢斬った話をしたな。そして、その護衛たちが安日皇子様の奥方様の沙羅様と決別したとも。あの男たちは何者だったのか、あとで先生から聞いて分かった」

「何者だった？」

「土蜘蛛一族だった」

「土蜘蛛一族？　アラハバキ族とは違うのでござるか？」

「アラハバキとは違う。土蜘蛛一族は陸奥エミシで、津軽エミシ同様、ヤマト朝廷に反抗して、従わなかった山族だ。津軽エミシのアラハバキは海族で、安東水軍を作った」

「なるほど」

「土蜘蛛一族は、先代安日皇子様の皇国創りに賛同して駆け付けた。彼らは昔から武で鳴らしていたので、安日皇子様には力強い味方だった。それで安日皇子様は、すぐさま彼らを護衛役に取り立てた」

兵衛と嘉門は、代わる代わる、縷々経緯を話した。

土蜘蛛一族を率いる族長は土雲亜門という武人だったのだが、かなりの野心家でもあった。土雲亜門は一族を率いて皇国創りに馳せ参じたまではよかったのだが、護衛役をしているうちに皇国の乗っ取りを謀った。次第に安日皇子様からアラハバキの側近たちを遠ざけ、自分たちが取って代わろうとしていた。

そこに現われたのが幕府から刺客として派遣された谺仙之助だった。仙之助は、そんな事情も知らず、十三湊の安日皇子様の館に忍び込み、護衛していた族長の土雲亜門をはじめ土蜘蛛一族の要人たちをことごとく斬り、最後に安日皇子様の御命までも奪った。

結果的に、谺仙之助は、先代安日皇子様の身柄を押さえて皇国を支配しようとしていた土蜘蛛一族を退治していたのだ。

先代安日皇子様の奥方沙羅様は土雲亜門の陰謀に気付き、夫に警戒するように諭したが、安日皇子様は考えすぎだと一笑に付していた。土雲亜門は図に乗り、沙羅様を安日皇子様から遠ざけるとともに、前以上に安日皇子様の権威を利用し、安東水軍や十三湊の交易を独り占めしようとした。

沙羅様は、いずれ土雲亜門が本性を現わし、夫先代安日皇子様を亡き者にし、アラハバキ皇国を乗っ取ろうとする、と予想していた。そうなったら、沙羅様だけでなく、後継者の皇太子の命もないがしろにされる。そう考えていた矢先に、仙之助が現われ、土雲亜門たちを退治してくれた。先代安日皇子様まで殺められたが、皇太子は守られた。それで、沙羅様は、仙之助が夷島の館に贖罪のために訪れた時、仙之助をお許しになった。

しかし、治まらないのは、族長土雲亜門をはじめ一族の幹部たちを殺された土蜘蛛一族だ。たとえ沙羅様が仙之助をお許しになっても、土雲亜門の遺族は許せない。

嘉門がまとめるようにいった。

「土雲亜門一族の残党は、先生への復讐を誓い、その印として額に鈎手の刺青をした。彼らは親兄弟や家族を殺された恨みから、先生の子孫も根絶やしにしよう、と考えた。それが、あの鈎手組だ」

「先生が、谺一刀流を封印したのも、こうしたことがあったからだ」

兵衛が付け加えた。

「そうでござったか」

寒九郎は、また一つ明らかになった祖父仙之助の秘密の真相に愕然とした。なんと祖父は罪深い人なのだろうか。

寒九郎はため息をついた。

河原に立てた篝火(かがりび)の火が落ちた。燃えていた薪が河原の石の上で消えようとしている。

「期せずして、先生は悪いこともしたが、いい結果も生んだ。先生の功罪相半(あいなか)ばするということですな」

嘉門がいった。兵衛がうなずいた。

「事の是非は、その時には分からぬとしても、時を重ねれば、あとで見えて来るもの」

小屋から、誰かが静かに温泉に入って来る気配がした。

篝火が消えたので、あたりはほのかな月明かりで、何もかも朧にしか見えなかった。

「私も入るぞ」

レラ姫の声が暗がりから立った。

「あ、姫」

寒九郎は、ずぶりと顔半分まで湯に浸かった。もうだいぶ入っている。のぼせそうでもあった。

月明かりの下、レラ姫の白い裸身が湯気の中にちらりと見えた。柔らかな軀の曲線が寒九郎たちを魅惑した。

「いまの話、小屋で聞きました。兵衛、嘉門、祖父母のそんな話、知りませんでした。ありがとう」

レラ姫は湯の中に顔まで浸かり、寒九郎たちのところまで移動して来る。

「御免、もはや限界。のぼせる」

寒九郎は手拭いで股間を隠しながら、湯から飛び出した。

「まあ」

レラ姫が湯気の中、手で目を覆うのが見えた。

小屋から、どやどやっと女人たちが現われた。村の女たちだった。みな、口々にお喋りをしながら、月明かりの下で裸になり、湯に入って来る。

「あら、誰かいるみたい」

「村の熊さんたちでは」

「一緒に入りましょ」

「失礼しますよ」

女人たちは遠慮せず、笑いながら湯に入って来る。

「拙者たちも、御免」

兵衛も嘉門もあいついで立ち上がり、寒九郎に続いて湯から飛び出した。

三人の男どもは暗がりの中、近くを流れる暗い川に飛び込んだ。冷水が気持ちいい。火照った軀を冷ます。

レラ姫たちが楽しそうに笑う声が夜陰に響いた。

六

暗門の一の滝は、轟々と音を立てて滝壺に落ち込んでいた。滝壺からは濛々と水飛沫が吹き上がり、周囲の岩石を濡らしていた。

岩場や森を覆っていた雪は解け、白神山地に徐々にだが、春が戻って来た。木々の枝には芽吹きが始まり、草地には残雪の間から瑞々しい若草が顔を出している。

雪解け水は凍えるように冷たい。滝から吹き寄せる風も身を切るように寒かった。

白装束姿の寒九郎は白襷を掛け、白い鉢巻きを額に巻いて、二人の導師大曲兵衛と南部嘉門と立ち合っていた。

木刀を右八相上段に構え、前の兵衛、後ろの嘉門と向き合っている。兵衛は左下段後方に木刀を構え、後ろの嘉門は中段青眼に木刀を構えている。

二人から猛烈な殺気が放たれている。本気で打ってくる気だ。

木刀とはいえ、真剣同様だった。打ち込めば人を殺める。軽くても打ち所が悪いと、骨を折ったり、臓腑を傷める。怪我をさせ、一生治らぬ障害を与えることもある。

兵衛と嘉門は、じりっじりりっと歩を進めて、間合いを詰める。

これが、谺一刀流の最後の剣技「水煙」が寒九郎に伝授される立合いだ。

前後とも、斬り間に入った。

寒九郎は一瞬、前の兵衛に木刀を突き入れた。その勢いで、くるりと軀を回し、後ろから飛び込んで来る嘉門の木刀を叩き落とした。

さらに振り下ろして来る兵衛の木刀を躱し、岩場から滝の中に跳んだ。落ちて来る滝の飛沫を潜り抜け、滝の裏側に出た。

兵衛が滝の左側から、嘉門が滝の右側から飛び込んで来る。寒九郎は滝の激しい飛沫に身を隠し、左の兵衛に体当たりした。そのまま軀を兵衛に預けた姿勢で、右から突き入れて来る嘉門の胴を叩いた。同時にくるりと体を回し、木刀に回転をつけて、兵衛の胴を抜いた。

滝の水流に紛れての一瞬の連続技だった。

嘉門が腹を抱えて蹲り、兵衛も腹を押さえて、よろめきながら立っていた。二人とも、呻いている。寒九郎は滝の落ちる飛沫の中で、木刀を下段に構えて残心した。

「参った」

嘉門がようやく声を上げて、滝の後ろに座り込んだ。

「ようやった」

兵衛も木刀を杖にして立ち、寒九郎にいった。顔は痛みで歪んでいた。

「でかした。寒九郎、それこそ裏八段目『水煙』だ。ようやった」

嘉門も満足気だったが、苦痛で顔をしかめたまま、座り込んでいる。

「申し訳ありませぬ。少し手加減したつもりでしたが」

寒九郎は嘉門を抱え起こし、さらに兵衛に肩を貸して、二人を滝の前の草地に連れて行った。

兵衛も嘉門も草地に座り込み、青い顔をし、肩で息をしていた。

「寒九郎、ようやった。これで、先生から伝授されていた谺一刀流本義表十段裏八段の剣技をすべてお伝えした」

嘉門が息を切らせながらいった。

兵衛も感慨深げにいった。

「これで、我らは何も伝えることはなくなった。あとは妙徳院様から口伝された奥義を旨として、伝授した剣技を稽古し、さらに技に磨きをかけるだけでござる」

寒九郎は草地に正座し、木刀を脇に置き、二人の導師に両手をついて、深々とお辞儀をした。

「よくぞ、この未熟者めを見捨てもせず、辛抱強く、谺一刀流の秘技の数々をご教授くださいました。篤く御礼申し上げます」

兵衛は頭を振った。

「ははは。堅苦しい礼なんかいわんでいい」

「それがしたちは、先生から預かった荷物を、寒九郎に渡し、ほっと肩の荷を下ろしたところだ。これ以上の喜びはない」

嘉門はようやく痛みが少し和らいだらしく、顔に血の気が戻って来た。笑みも浮かんでいる。

「これで、真正谺一刀流は開眼できるぞ」

「それもこれも、すべて、兵衛様、嘉門様のおかげでございます」

寒九郎はうれしさのあまり飛び上がりたいほどだった。

「だが、寒九郎、喜んでもおられぬようだぞ」

嘉門が、上を見ながらいった。兵衛も、ふと顔を上げ、一の滝の崖の上を見た。

「さようですな。さっそくに、招かざる客が御出でになったようだ」

寒九郎は驚いて一の滝の上を見た。大声が滝の上から降って来た。

「おう、寒九郎、谺一刀流開眼とやらのめでたい日に悪いが、わしのいうことを聞いて大人しくするんだな。でないと、おぬしの姫が死ぬことになる」

赤目組の頭領赤衛門が笑いながら、白刃をレラ姫の首にあてていた。

「寒九郎、私に構わず、こやつらを退治して」

レラ姫は滝の下にいる寒九郎に叫んだ。

レラ姫は荒縄で後ろ手に縛られていた。

ふと、レラ姫の後ろを見ると、村長のウッカや妻のミナや子どもたちをはじめ、大勢の村人たちが集められ、その周囲を黒装束たちが取り囲んでいた。黒装束たちは手に手に刀や矢を番えた短弓を持っていた。

「寒九郎、おぬしたちが大人しくしないと、村長をはじめ大勢の村の男や女、子ども、年寄りが死ぬことになるぞ」

「卑怯者め。女子どもを盾にするとは」

寒九郎は思わず怒鳴った。草間大介の姿がない。

「寒九郎、こいつら、村の財産をすべて奪い、村に火をかけるつもりよ。こやつの手下が火をかける準備をしている」

レラ姫が怒鳴るようにいった。

「黙れ、オンナ」

赤衛門が平手でレラ姫の顔面を張り飛ばした。

レラ姫はよろめいたものの、足を踏ん張り、赤衛門をきっと睨み返した。鼻血が噴き出し、レラ姫の顔に流れはじめていた。

「オンナ、大人しくしていろ。あとでおれが可愛がってやる」

「何をいう、この下衆野郎」

レラ姫は赤衛門を足で蹴ろうとした。手下の何人かがレラ姫の軀を押さえ、村人たちの群れに連行した。

「寒九郎、こやつらをやっつけて」

レラ姫は大声で叫んでいた。

「やれやれ、ちょっと美人だと思ったら、とんでもないアバズレ姫だな」

赤衛門はにやつき、刀を腰の鞘に納めた。

「寒九郎、おとなしくお縄を頂戴しろ。そうすれば、村人は解放してやる」

「寒九郎、周りに気をつけろ」

兵衛が鋭い声でいった。嘉門はすでに木刀を構えている。

寒九郎ははっとして周囲を見た。

いつの間にか、滝壺がある岩棚にも黒装束たちが現われ、寒九郎たち三人を囲んで弓矢を構えていた。左は滝壺と川、右は二の滝に落ち込む崖。逃げ場はない。

「おのれ、赤衛門、何がほしいのだ」

寒九郎は赤衛門に怒鳴った。

「ははは。おぬしの命だ。それとおぬしたちの馬を頂こう。もうおぬしたちには不用だろうからな」

黒装束の手下一人が、楓や疾風、シロの轡（くつわ）を取って現われた。

寒九郎は内心、ほっとした。楓や疾風が、知らない男に轡を取られて、大人しくしているわけがない。知らない男だと、楓も疾風も必ず嫌がって咬（か）む。黒装束姿をしているが、あの男は手下ではない。きっと草間大介だ。

寒九郎は赤衛門に叫んだ。

「それがしの命がほしいか。ほしくば下に降りて来い。その代わり、姫や村人たちを解放しろ」

兵衛が寒九郎に寄りながら、そっと囁いた。

「火車（かしゃ）だ。火車を使え」

「わしらが、ここの連中は押さえる。おぬしは一気に崖を登れ。登って火車で制圧しろ」

嘉門も木刀を構えたまま寒九郎に告げた。

火車。剣技表十段目。

集団の敵を相手に火の車となって斬り捲る。祖父仙之助が、安日皇子の護衛をしていた土蜘蛛一族を、たった一人で制圧した必殺技だ。

「しかし」

剣技火車は、自信がなかった。手にしているのは木刀だ。刀ではない。刀は小屋に置いたままだった。

「おぬしなら、木刀でも出来る」

嘉門が強くいった。

崖の上が騒めいた。何か起こったのか？

「いまだ、寒九郎」

兵衛の声に、寒九郎は木刀を投げ捨て、岩壁に飛び付いた。猿となって岩壁を軽快によじ登る。右に左に、矢が飛びはじめた。

寒九郎は矢を躱しながら、跳び跳ね、岩の出っ張りを摑み足場に足を掛け、上へ上へと登って行く。最初に修行した岩壁登り跳び猿の技だ。いまでは得意技になっている。

登るにつれ、次第に短矢は勢いをなくし、仕舞いには飛んで来なくなった。短矢の射程は短い。まして上に射た矢は勢いがすぐになくなる。

ついに最後の出っ張りに手を掛け、くるりと転回し、崖の上にぽんと立ち上がった。

騒ぎの原因は分かった。

山の斜面に狼たちが現われたのだ。

黒装束たちは、赤衛門の周囲に集まり、短矢陣を組みはじめた。

寒九郎は楓や疾風に目をやった。馬たちも狼たちの出現に激しく怯えていた。

斜面の中腹に、大きな白狼のカムイが現われた。白狼はじろりと赤衛門や黒装束たちを見回した。

「ははは。出て来たか。白狼め。これを待っていた」

赤衛門は、黒装束たちに手を上げた。

黒装束たちは三烈縦隊を造り、短矢を上空に向けて構えた。一斉掃射の構えだ。

寒九郎は口に指を入れ、鋭く指笛を鳴らした。

楓と疾風、シロまでもが寒九郎を見た。

「射て！」

赤衛門は手を下ろした。

寒九郎も馬たちに黒装束たちを指し、指笛を鳴らした。

三頭の馬は一斉に黒装束たちの縦隊に駆け込んだ。弓を射ろうとしていた黒装束たちが総崩れになった。

馬たちは後ろ肢立ちになって前肢を振り回し、黒装束たちを叩き回る。後ろ肢で蹴りまくる。大きな口で咬み付きまわる。

「おのれ、こやつら」

赤衛門は刀を振り回し、暴れ回る馬たちを斬ろうとした。

轡を取っていた黒装束姿の男が覆面を下ろした。やはり、草間大介だった。

「寒九郎様、これを」

草間大介は腰の刀を鞘ごと抜き、寒九郎に放った。刀はくるくると回転し、寒九郎に飛んだ。

「草間、姫を」

「承知」

寒九郎は飛んで来た刀をはっしと両手で受け取り、抜刀した。腰に刀の柄をあて、軀を回転させながら、黒装束の群れに飛び込んだ。周りにいる黒装束たちを当たるを幸い、斬りに斬りまくった。

谺一刀流秘剣「火車の舞い」。

刀の柄を軀に密着させ、己れの軀を軸にして、火車のごとく回転させて、周囲の敵を斬る。回転を速めると、重い刀身の先に遠心力がかかり、周りの敵を薙ぎ斬るのだ。たちまち、寒九郎の周囲に黒装束の怪我人が続出した。

「オウ。それがしが相手だ」

村長のウッカも草間が縄を切ると、すぐに黒装束との立ち回りに駆け付けた。レラ姫も草間に縄を解いてもらうと、間近にいた黒装束から刀を奪い、さっそく黒装束と斬り結んでいる。草間もレラ姫とともに黒装束たちと斬り合っていた。

「おのれ、白狼。殺してやる」

赤衛門の怒声が聞こえた。寒九郎ははっとして赤衛門を見た。

赤衛門が白狼と向き合っていた。赤衛門は短弓に矢を番えている。

白狼は頭を低くし唸り、いまにも飛びかかろうとしていた。

「死ね、畜生」

赤衛門が矢を番えた弦を放し、矢を射った。

寒九郎は咄嗟に抜き身の刀を赤衛門に投げ付けた。白狼の軀が赤衛門に向かって飛翔した。赤衛門の放った矢が白狼の胸に命中するのが見えた。

寒九郎の投げた刀が赤衛門の背を貫いていた。血潮がどっと噴き出した。赤衛門は突き刺さった刀の刃先を握りながら振り向いた。

「おのれ、寒九郎」

赤衛門は膝から崩れ落ちた。

黒装束たちは頭の赤衛門がやられたと知り、一瞬総立ちとなった。誰かが叫んだ。

「引け引け」

それを合図に黒装束たちは怪我人たちに肩を貸し、一斉に引き上げはじめた。

崖の縁から大曲兵衛と南部嘉門がにょきっと顔を出した。二人は崖をよじ登って来たのだ。

「寒九郎、やったな」

「秘剣火車の舞い。見事だ」

兵衛と嘉門は満足気にうなずき合った。

「寒九郎！　来て」

レラ姫の悲しげな声が響いた。レラ姫は、白狼を抱えていた。狼たちが、レラ姫と白狼の周りを、警戒しながら、うろついていた。

寒九郎はレラ姫の許に駆け付けた。レラ姫は大きな白狼の軀を抱えていた。

「白狼がやられたか」

白狼の胸元に短矢が突き刺さっていた。一斉掃射の矢の一本が当たったのだ。

周りに何頭もの狼たちが矢に射られて倒れていた。いずれも口から血を吐いて死んでいる。毒矢の毒が軀に回ったのだ。

「カムイ様が死んでしまう」

レラ姫は目にいっぱい涙を溜めていた。

「カムイは死なぬ」

寒九郎はレラ姫に抱かれた白狼の矢傷を診た。血は流れているが、口から吐いてはいない。毒はまだ全身に回っていない。

白狼は、はあはあと熱い息を吐いていた。白狼はじろりと銀色の眸で寒九郎を見た。低い唸り声を立てた。しばらくだな、といっている。

「カムイ、死ぬな。おまえが死んだら、おれも死ぬ」

寒九郎は懐からマキリを取り出し、鞘から抜き放った。マキリは魔を切る守り刀子だ。

「カムイ、少し痛むが我慢しろ」

寒九郎はマキリの刃先を白狼の矢傷に当てた。レラ姫がしっかりと白狼の頭を抱いた。

マキリに力を入れ、白狼の胸に差し込んだ。白狼はじっとしてレラ姫に頭を押しつけたままでいた。

「よし、もう少しだ」

寒九郎はマキリで、突き刺さったヤジリを刳り出した。赤い血潮が噴き出た。

「よし。いいぞ。血が噴き出れば、毒も出る」

寒九郎は血が自然に止まるのを待った。

やがて血が止まった。

寒九郎は屈み込み、矢傷に口をあて、まだ体内に残っている血を吸い出した。

レラ姫が慌てて寒九郎を止めた。

「寒九郎、毒だ。吸ってはならぬ」

「少量なら大丈夫だ。毒を体内に残してはならぬ」

寒九郎は血を吸っては地べたに吐き、吸っては吐きを繰り返した。

周りからウッカやミナが恐る恐る覗き込んでいた。

寒九郎はウッカに頼んだ。

「大急ぎで焚火の灰と手拭いを何本か集めてほしい」

ウッカが村人たちに叫んだ。

たちまち村人たちは四方に散り、数本の手拭いが集まった。ミナは近くの焚火の跡から両手一杯の灰を持って来た。

「カムイ、しっかりしろ」

寒九郎は、一かたまりの灰を傷口に擦り付けた。たちまち灰は傷口の血を吸って、どす黒く染まっていく。だが、何度も灰をかけていくと次第に血に染まることがなくなった。

「よし、血は止まった。あとは包帯だ」

子どものころ、灰を傷口につけて血止めした記憶がある。手拭いを白狼の傷口を塞ぐように巻き付けた。

傷の手当てが終わった。白狼は身動(じろ)いだ。

「だめ、まだ動いては」

レラ姫が白狼の上半身を抱き締めた。白狼はレラ姫の顔を舌で舐めた。それから、また起きようとした。

「レラ姫、行かせてやれ。カムイは強い。多少の怪我では死なない」

レラ姫は抱いた手を離した。白狼はよろめくように立ち上がった。

「カムイ、生きろ」

寒九郎は白狼の軀を撫でた。白狼は低く唸り、目を剝いて寒九郎を見上げた。長い舌で今度は寒九郎の手を舐めた。まるで礼をいうように。

「カムイ、おまえには二度も助けられたな。おれこそ礼をいう」

寒九郎は白狼の頭を撫でた。

白狼は一歩一歩よろめきながら、山の斜面に歩き出した。迎えのオオカミたちが白狼の周りを囲んだ。

白狼はちらりと一度、寒九郎とレラ姫を振り向いた。だが、二度と振り向かなかった。白狼は狼の群れと一緒に山の森の中に姿を消した。

「さよなら、カムイ」

寒九郎とレラ姫は手を繋ぎ、白狼の去って行ったあとも、しばらく見送っていた。

大曲兵衛と南部嘉門が寒九郎に歩み寄った。

「寒九郎、おめでとう。谺一刀流を習得した」

「これで真正谺一刀流開眼出来る。おめでとう」

「おめでとう。寒九郎様」

草間大介も寒九郎にいった。

「寒九郎様、ついに真正谺一刀流を開眼したのね。おめでとう。きっとカムイも祝福に来たのよ」

レラ姫もうれしそうに寒九郎の手を握った。

「ありがとう。みんなのおかげだ」

寒九郎は、山に消えた狼神カムイにも頭を下げて礼をいった。

山の彼方から、北風に乗って、白狼の遠吠えが長々と聞こえて来た。

二見時代小説文庫

狼神の森　北風侍 寒九郎6

二〇二一年 二 月二十五日　初版発行

著者　森 詠

発行所　株式会社 二見書房
〒一〇一-八四〇五
東京都千代田区神田三崎町二-一八-一一
電話　〇三-三五一五-二三一一［営業］
　　　〇三-三五一五-二三一三［編集］
振替　〇〇一七〇-四-二六三九

印刷　株式会社 堀内印刷所
製本　株式会社 村上製本所

落丁・乱丁本はお取り替えいたします。定価は、カバーに表示してあります。

ISBN978-4-576-21011-7
https://www.futami.co.jp/